UMA TEMPORADA NO INFERNO

Henrique Marques Samyn

UMA TEMPORADA NO INFERNO

Todos os direitos desta edição reservados à Malê Editora e
Produtora Cultural Ltda.
Direção: Francisco Jorge & Vagner Amaro

Uma temporada no inferno
ISBN: 978-65-87746-82-1
Edição: Vagner Amaro
Ilustração: Keila Gondim
Capa: Dandarra Santana
Diagramação: Maristela Meneghetti
Revisão: Thayane Gaspar

Texto revisado segundo o novo Acordo Ortográfico da Língua Portuguesa.
Proibida a reprodução, no todo, ou em parte, através de quaisquer meios.

```
Dados Internacionais de Catalogação na Publicação (CIP)
         (Câmara Brasileira do Livro, SP, Brasil)

   Samyn, Henrique Marques
      Uma temporada no inferno / Henrique Marques
   Samyn ; ilustração Keila Gondim. -- 1. ed. --
   Rio de Janeiro : Malê Edições, 2022.

      ISBN 978-65-87746-82-1

      1. Ficção brasileira I. Gondim, Keila.
   II. Título.

22-110433                                    CDD-B869.3
```

            Índices para catálogo sistemático:

   1. Ficção : Literatura brasileira   B869.3

   Aline Graziele Benitez - Bibliotecária - CRB-1/3129

Rua Acre, 83, sala 202, Centro. Rio de Janeiro
www.editoramale.com.br
contato@editoramale.com.br

A LOUCURA E O RACISMO EM *UMA TEMPORADA NO INFERNO*, DE HENRIQUE MARQUES SAMYN

1. O HOSPÍCIO É UM LABIRINTO

Em *Uma Temporada no Inferno*, de Henrique Marques Samyn, o narrador-personagem, que se reconhece como gêmeo de Lima Barreto, tanto no talento quanto no destino, tem pela frente o que chama de "honrosa missão": repisar e refazer o caminho percorrido pelo autor de *O Cemitério dos Vivos,* quando esse esteve internado no Hospício Nacional de Alienados.

Sabe-se que Lima Barreto, durante sua última internação no Hospício, escreveu o *Diário do Hospício,* o que resultou numa série de apontamentos, reflexões e memórias sobre si e sobre os outros internos, revelando detalhes daquele espaço, dos indivíduos ali internados – na maioria, pobres e negros –, dos funcionários, da relação saber-poder médico no período; mas, acima de tudo, evidenciando o seu papel social de escritor, perceptível em todos os recursos estéticos que exercitou nesses escritos, bem como em sua total lucidez e olhar crítico para a instituição e para além dos muros manicomiais. Da mesma maneira, o narrador do romance *Uma Temporada no Inferno* toma notas da sua experiência no mesmo asilo, anos mais tarde: internando-se voluntariamente em busca da glória, a qual Lima Barreto não experimentou em vida, ele produz seus manuscritos. São essas notas, sob a forma de um diário, que compõem todo o romance; os assuntos abordados são diversos, assim como no diário barretiano.

O texto não apresenta, porém, os fatos narrados em ordem cronológica. Já nas primeiras páginas do romance, o leitor se depara com um vai e vem no calendário que ancora as diversas entradas do diário. A datação – embora haja entradas com a indicação "[sem data]" – ocorre como que em *flashes*. As datas não se encerram em apenas uma entrada, retornando mais à frente, como em ziguezague, sob a forma de escritos que retornam aos mesmos dias. Recurso muito interessante, porque toda essa fragmentação, essa não-cronologia, é como que um espelho do próprio espaço em que estava imerso o narrador.

Ao descrever as dependências do hospício, por exemplo, o narrador de *Uma Temporada no Inferno* compara o ambiente a um labirinto, pois, ao observar o seu entorno, nota como a dimensão física – as paredes e os corpos dos doentes – e a dimensão sensorial – já que ouve apenas balbucios, ruídos e diálogos sem qualquer sentido – vagam sem direção única naquele espaço.

Esse espaço labiríntico se reflete na escrita espaçada, que compreende trechos de outros autores, do próprio Lima Barreto – seu duplo –, de jornais, etc. No romance, portanto, essa forma em que se apresenta o texto é o que justamente envolve e chama a atenção do leitor, que sente, junto ao narrador, as mesmas angústias, humilhações, medos e, principalmente, dúvidas. Sobretudo, a narrativa nos surpreende, do início ao fim.

No romance, o narrador se apresenta como um escritor e

homem negro, assim como Lima Barreto no seu diário. Logo que chega ao hospício, instala-se na Seção Pinel, a dos indigentes, na esperança de encontrar-se com o doutor Juliano Moreira para ascender no asilo e mudar para a Seção Calmeil, a dos pacientes mais abastados, com biblioteca e sala de jogos.

Todo o tempo em que convive na seção dos pobres é, para o narrador, o mesmo que estar num inferno. Trata-se de um tempo penoso, difícil, pois seu cotidiano é carregado de forças ocultas, de puro martírio; afinal, os delírios e surtos dos pacientes, que ocorrem a qualquer hora do dia, impedem o sossego e a tranquilidade no ambiente, dando-lhe a sensação contrária: a de habitar um submundo. A loucura de alguns doentes se revela em imagens fantasmagóricas, levando-os a outros mundos. Em diversos trechos, deparamo-nos com descrições que indicam um espaço sujo, desorganizado, de tormenta, onde estão condenados a permanecer "os mortos", os marginalizados da sociedade. O narrador, ao reconhecer e demonstrar esse espaço infernal, destaca-se, marcando a sua alteridade em relação a outros internos, pois entende estar ali apenas de passagem, em busca de seu maior propósito: buscar a glória de um grande escritor reconhecido. Ser melhor do que foi Lima Barreto.

Além disso, os enfermeiros são descritos como, no geral, maus. Alguns são violentos e utilizam a força para manter a ordem no local quando os pacientes estão furiosos ou rebeldes. Para eles, o papel dos loucos é apenas um: serem mansos, desfilando pelo hospício com seus delírios e/ou mutismos.

A violência marca a narrativa, assim como a de Lima Barreto. O narrador sofre inúmeras humilhações, poucos são os que o enxergam dentro do hospício em sua humanidade. É tratado, na maioria das vezes, como um ser irracional, sofrendo até violência física gratuita dos próprios funcionários; quando revida, é castigado com camisa de força e isolamento na casa-forte. Sabe, apesar disso, que o comportamento desse grupo de funcionários revela que eles reproduzem sobre os doentes aquilo que vivem, já que pertencem à escala inferior da hierarquia dos profissionais do asilo. A violência com que tratam os internados é a reprodução da situação difícil que também enfrentam; assim, ofertam o que de pior possuem aos outros que deles dependem.

No *Diário do Hospício*, Lima Barreto, mesmo reconhecido como o escritor já famoso que era, sofreu muitas humilhações e violências, como o banho de ducha de chicote. E, apesar de certas influências no manicômio, já que alguns funcionários o conheciam desde a época do seu pai – que trabalhara na administração da colônia de alienados da Ilha do Governador –, viveu momentos de tormenta, afinal, estava em um hospício, ambiente degradante, sem liberdade física, controlado pelo poder-médico que decidia sobre a sua rotina, sua vestimenta, suas refeições, seus horários, etc.

O narrador de *Uma Temporada no Inferno*, como se autodeclara um homem são, sente que precisa evitar esse labirinto, de modo que tenha sempre certeza do que diz, fala ou faz; ou seja, busca manter-se na mais perfeita racionalidade. Nota-se, com isso, a solidão intelectual do narrador (a mesma sentida por Lima Barreto) e o medo do internamento perpétuo. Há loucos exilados no manicômio há muito tempo, alguns envelheceram no asilo. Ademais, ele foi levado ao hospício pelas mãos da polícia (como aconteceu com Lima Barreto), o que sugere, após conversas que ouve de outros internos, que não receberá alta nunca mais. Assim, reflete sobre a prática do internamento. O hospício não é um espaço destinado à cura dos loucos; ele existe, sobretudo, "para manter presos os sujeitos que ameaçam a normalidade social". Como um labirinto, torna-se um grande desafio encontrar a saída definitiva.

2. A LOUCURA E O RACISMO

No hospício, principalmente na seção dos pobres, os negros são maioria, o que chama a atenção do narrador, já que ele também é negro. Por isso, reflete inúmeras vezes sobre esse tema. Ao olhar a Baía pelas janelas do manicômio, assim como fazia Lima Barreto – e reproduzindo parcialmente trechos de *Numa e a Ninfa* –, o narrador não enxerga um mar azul, mas um "mar da escravidão moderna", sendo o hospício uma metonímia dessa escravidão. Ali, "padecem descendentes daqueles que por séculos foram torturados e mortos". Seres humanos que vagam pelos corredores, condenados à "treva absoluta".

Mas nem sempre a realidade do hospício foi a de uma maioria de internos negros. É importante relembrar que, na época do Hospício de Pedro II, no mesmo prédio em que depois serão internados Lima Barreto e o narrador de *Uma Temporada no Inferno*, a maioria dos pacientes pertencia à elite brasileira; por isso, muitos doentes eram brancos. Embora houvesse doentes negros, livres ou libertos, o número deles era infinitamente menor. O Brasil desse período tinha na mão de obra escrava o pilar de sua economia e a maior parte da população era composta por indivíduos negros escravizados, mas as vagas do hospício não acompanhavam essa realidade. O hospício fora planejado para comportar 300 pacientes, inicialmente em duas alas: Pinel, para homens, e Esquirol, para mulheres. Cada ala estava dividida em três classes de pacientes, todas particulares. Havia apenas uma ala gratuita, a dos indigentes, mas com pouquíssimas vagas.

Realidade diversa da apresentada tanto no *Diário do Hospício* quanto em *Uma Temporada no Inferno*, nos quais o número de negros e/ou pobres referido é muito maior. Situação que ilustra o estado do país depois que as relações de trabalho saíram de séculos de escravismo; e quando, por isso, a miséria passou a assolar a maior parte da população. Sem condições de trabalho, negros principalmente foram/são alvos de medidas voltadas para a imposição da "ordem social", sendo o hospício o destino para muitos. Vale lembrar que, de meados do século XIX ao início do século XX, o Brasil se definia pela raça. A própria ciência "provava" que havia diferenças entre os homens. Dessa forma, tornam-se alvo da ciência os negros e os chamados mulatos, já que a mestiçagem era entendida como o maior mal do país, conforme defendiam médicos famosos como Raimundo Nina Rodrigues.

No romance, o narrador sente na pele o racismo. Questiona, inclusive, sobre uma possível miopia racial, já que um guarda viu semelhanças entre o narrador e um amigo que foi visitá-lo – quando, na verdade, só havia de parecido entre eles o tom da pele. Ambos eram negros, mesmo que um fosse mais claro que o outro. Essa confusão é marca do racismo, que não distingue os pretos uns dos outros, como se fossem uma coisa só, havendo, em decorrência disso, inúmeras injustiças.

O narrador descreve alguns pacientes que, em momentos de delírios, vangloriam-se por serem "brancos de primeira ordem". Esses "delírios da raça" são retomados pelo narrador, que traz à baila passagens de livros que justificam essa barbárie, colocando o negro como um ser desprovido de inteligência. Reconhecendo-se como negro, inteligente, escritor, o narrador de *Uma Temporada no Inferno* tem como propósito mostrar o contrário.

Para o narrador, o hospício é um espelho do mundo dos homens, com suas castas e negociatas. Assim, questiona o fato de não conseguir, na seção em que está, encontros com os alienistas. Conclui, assim, que só os doentes das castas mais elevadas têm esse privilégio, já que riqueza e poder andam lado a lado. Sente raiva e denuncia essa e outras corrupções dentro do asilo. Sente-se, por isso, reduzido, esquecido naquele espaço.

No que diz respeito aos pacientes, o narrador enumera os tipos que compõem o asilo. Comenta a respeito dos loucos ladrões e assassinos, que aparentemente não têm nada de loucos. Há também os loucos assassinos de mulheres, quase sempre os militares. Lima Barreto também descreveu os pacientes que com ele conviveram à sua época de internação, e o que é mais interessante nessas descrições de ambos é que a loucura se manifesta nos doentes de inúmeras formas. Ela não é sempre visível aos olhos: há loucos que vivem em total mutismo, outros transparecem total lucidez, calmos, serenos, não demonstrando "sinais de loucura". A loucura, ela "zomba de todas vaidades".

Quanto aos médicos, com o passar do tempo, o narrador percebe que não têm a intenção de mandar nenhum doente para casa: a "verdade" pertence unicamente aos doutores do saber, visto que "a palavra dos médicos é sentença irrevogável". Embora tenha traçado para si um objetivo maior – internado no hospício, escrever sua obra – sente-se fracassado, desanimado, esgotado física e emocionalmente. Estar no asilo, na Seção dos Indigentes, sendo um negro, é estar definitivamente condenado.

Caroline Bianca Moreth
Licenciada em Letras-Português/Literaturas pela
Universidade Federal Rural do Rio de Janeiro (2015) e
Especialista e Mestre em Literatura Brasileira pela Universidade
do Estado do Rio de Janeiro (2018 e 2022).

UMA TEMPORADA NO INFERNO

NOTA PREAMBULAR

Entre 1914 e 1920, o escritor Afonso Henriques de Lima Barreto (1881-1922) foi duas vezes internado no Hospital Nacional de Alienados, antigo Hospício de Pedro II. O período de sua segunda internação, entre dezembro de 1919 e fevereiro de 1920, foi registrado pelo próprio escritor em diversas anotações, reunidas e publicadas postumamente sob o título **Diário do hospício**. Essas anotações – a lápis e a caneta, em papel pautado ou não – deveriam servir para a elaboração do romance **O cemitério dos vivos**, que permaneceu inacabado.

Cerca de quatro anos após a transferência dos pacientes internados no Hospital Psiquiátrico da Praia Vermelha para o Hospital Pedro II, no Engenho de Dentro, e para a Colônia de Jacarepaguá, os fragmentos e os textos aqui transcritos foram encontrados entre os pertences abandonados no Palácio da Praia Vermelha. Tratava-se de folhas de diversos tamanhos e recortes de jornais, arranjados em duas pilhas. Supomos que todos os textos tenham sido escritos por um único autor, cuja identidade desconhecemos, amparando-nos meramente na caligrafia e na convergência temática, em que pese a diferença de registros (desde anotações pessoais e notas literárias até citações de Lima Barreto e de outros autores).

Para efeito de publicação, transcrevemos os fragmentos na ordem em que foram encontrados.

27/01

Hoje, às sete horas da noite, os loucos presos na casa-forte farão uma baderna dos diabos — prevejo isso. O Duque Estrada, que subiu no telhado, será o líder: estarão armados com trancas. Embora sejam nossos vizinhos na seção Pinel, eu e os outros manteremos a calma. Um acontecimento desses quebra a monotonia e distrai. O Sant'Ana...

A rua estará cheia. Haverá um movimento de carros, automóveis com personagens, e força de polícia e bombeiros; haverá toques de corneta — todo um aspecto de grosso motim. Lançarão cimentos e varões de ferro.

Ao contrário dos que me rodeiam, eu não fitarei os revoltosos com um semblante apalermado ou distraído: na verdade, só eu conseguirei perceber o que se esconde por trás das atitudes do D. E., que é, sobretudo, um revoltado. Contra quem é sua revolta — contra os homens? Contra Deus? Não; contra todos, ou melhor, contra o Irremediável — o que a nós todos assola, chamemo-nos loucos ou normais.

26/12

A loucura, a degradação humana — o horror desse espetáculo.

Estou há apenas um dia aqui no Hospital Psiquiátrico da Praia Vermelha — antes disso, Hospício Nacional de Alienados; antes disso, Hospício de Pedro II (copiar do caderno de anotações as datas em que os nomes foram mudados); contudo, esse pouco tempo já me bastou para entender por que há um abismo intransponível entre a Literatura e a loucura. Custou-me muito tempo essa reflexão; ainda assim, consegui chegar à mais adequada formulação do problema. O fato é que a obra literária só se realiza como tal uma vez que, sem desprezar a perfeição da forma e do estilo, da correção e do ritmo, de jogo e do equilíbrio das partes em vista de um fim, de obter unidade na variedade, consiste na exteriorização de determinado pensamento de interesse humano, que fale do problema angustioso do nosso destino em face do Infinito e do Mistério que nos cerca, e alude às questões de nossa conduta na vida; pois lhes indago — o que a loucura tem a ver com isso? E já lhes respondo: nada.

A loucura é a derrota do homem desnudada, exposta crua e sem rodeios, em sua patética variedade. Para arrancar dela a arte, é preciso transformá-la; por isso, depois de tudo observar, farei destas anotações uma outra coisa, algo muito diferente — como o artista que, esculpindo a bruta pedra, dela arranca as belas formas. Mas não haverá, nessa transformação, algum tipo de falseamento? Para fazer a Literatura a partir da loucura, será preciso falsificá-la?

20/12

Hoje, tomei a decisão: cumprirei o meu destino literário — e irei muito além de onde L. B. ousou ir, porque retomarei as suas ideias, mas concluirei a tarefa que ele deixou pela metade. Passei todas as últimas semanas repensando a minha hipótese; ei-la, enfim acabada: L. B. não conseguiu escrever sobre a loucura porque não se aproximou dela o bastante. Ele sentiu, na verdade, uma profunda necessidade de manter-se a salvo, de defender-se da loucura — o que é, sem dúvida, algo compreensível: não desejava ser confundido com aqueles que o rodeavam, que não lhe despertavam simpatia alguma;

pelo contrário: sentia por eles nojo, aversão, ojeriza. Mas como poderia, dessa forma, transformar-se em Vicente Mascarenhas? L. B. não poderia arrancar de si esse outro, fazer de si esse personagem — porque em si não reconhecia a mórbida semente da loucura.

Organizarei melhor os meus pensamentos. N'**O cemitério** — a obra-prima de que o mundo só conhece um capítulo, mas da qual eu tenho os dois capítulos escritos por L. B., graças à mesma incansável determinação que me granjeou também as preciosas páginas de **Clara** e uma vasta coleção de anotações e manuscritos —, L. B. tentou transformar em romance os registros que fez durante a sua estadia no hospício; para isso criou Vicente Mascarenhas (que tantos outros nomes recebeu!), protagonista que, de fato, é um duplo de L. B.: não é coincidência que ambos tenham sido internados no Natal, que tantos trechos escritos por L. B. em seu diário se repitam n'**O cemitério**, etc. Mas escrever **O cemitério** significava, na verdade, reviver aquele inferno: toda a angústia, todo o sofrimento que L. B. enfrentou enquanto lá esteve internado. Foi por esse motivo que ele não conseguiu terminar de escrever o livro: cada palavra que punha no papel era como uma dose de veneno que inoculava em si mesmo. **O cemitério** não é uma obra literária, nem poderia ser, justamente porque L. B. precisou fugir de si mesmo, falsificar sua própria experiência para que a escrita fosse suportável — e assim, fez de si o seu contrário ("Sempre achei a condição para obra superior a mais cega e mais absoluta sinceridade" — quem diria!). Por isso, eu pisarei lá onde L. B. não conseguiu pôr os pés; porque eu não fugirei de mim mesmo — porque *eu ousarei mergulhar por inteiro naquele inferno*, embora a loucura jamais me tenha tocado, sem fingimento ou falsidade; disso arrancarei forças para escrever (e para retornar).

Terminarei, assim, o livro que L. B. jamais concluiu: novamente percorrerei aquele caminho — mas, desta vez, de forma definitiva.

***

O veneno d'**O cemitério** foi responsável pela morte de L. B. — e nisso ele cumpriu o que previra para si mesmo, já que exigiu da Literatura o que ela não poderia dar-lhe: a capacidade de aceitar que ele, L. B., era o próprio Vicente Mascarenhas, e que, por essa razão, a falsificação literária jamais seria possível. ("Ah! A Literatura ou me mata ou me dá o que eu peço dela." — quando o escreveu, L. B. assinou sua própria sentença)

***

Meu fio de Ariadne será a Literatura: minha mão será sempre guiada por minha própria vontade — enquanto escrevo, serei capaz de tornar-me eu mesmo (ou o meu avesso). Tudo observarei, tudo anotarei; percorrerei aquelas sestras sendas sem, no entanto, correr o risco de igualar-me aos loucos; apenas a escrita poderá transformar-me nisso que eu não sou, nisso que eu não posso ser.

19/01

Lá está o Torres: sempre se dedica à laboriosa tarefa de poupar os gatos do trabalho. Primeiro, caça os camundongos — parte menos trabalhosa de seu ofício, uma vez que, aqui no hospício, eles abundam; abate-os em seguida, de maneira sensivelmente ética e escrupulosa: mete-lhes no focinho algodões embebidos em éter, que consegue com algum dos enfermeiros (ainda não descobri qual; quando conseguir, também me será útil, sem dúvida) — e os bichos morrem dormindo, numa paz invejável. Quantos por aqui não cobiçam esse destino! Leva-os depois para o quarto e, sobre a sua cama, arranca-lhes as peles e os estripa, recolhendo tudo na pequena vasilha que leva depois para os gatos — que recebem, desse modo, a refeição já preparada para o consumo.

Talvez o Torres pense que os gatos algum dia dominarão o mundo; sendo assim, deseja mostrar-se, desde já, obediente e prestativo. Quem sabe eu, porque não tenho talento para agir como serviçal dos felinos, deva cultivar com ele alguma amizade; desse modo, se os gatos realmente dominarem o mundo, terei quem possa fazer algo por mim. Em nenhum mundo, de gatos ou de homens, pode-se bem viver sem pistolões.

22/12

Anotações para o livro — dados históricos:

1852: onze anos depois de sua criação ter sido decretada, começa a funcionar o Hospício de Pedro II. Boa notícia para os loucos: antes, eram enfiados nos porões da Santa Casa da Misericórdia, onde ficavam trancafiados até a morte (misericordiosamente). Como para lá mandavam não só os doidos fluminenses, mas também os mineiros, a casa não tardou a ficar superpopulada; por isso, foram criadas duas colônias: a Colônia de São Bento e a Colônia de Conde de Mesquita, ambas na Ilha do Galeão. Tabela de preços: primeira classe (quarto separado com tratamento especial), 2$000 (dois mil réis); segunda classe (quarto para dois alienados com tratamento especial), 1$600 (mil e seiscentos réis); terceira classe (enfermarias gerais), 1$000 (mil réis) para homens livres e $800 (oitocentos réis) para os escravos. Loucos necessitados podiam ser admitidos sem pagamento. Ah, a generosidade dos homens!

1890: mudança do nome para Hospício Nacional de Alienados. Com a Proclamação da República, não fazia mais sentido chamar a casa pelo nome do imperador exilado; mesmo para um hospício, seria muita insanidade.

1893: inaugura-se o Pavilhão de Observação, onde os loucos são submetidos aos estudos acadêmicos (geralmente, realizados por outros loucos — mas esses, ao contrário daqueles, possuem diploma e título de doutor).

1902: escândalos relacionados a irregularidades orçamentárias, divulgadas pela imprensa, ocasionam uma intervenção federal no Hospício Nacional e nas Colônias. O diretor, A. Dias de Barros, é exonerado; para o seu lugar é nomeado o doutor Juliano Moreira.

1911: cria-se a Colônia de Alienadas do Engenho de Dentro, a fim de livrar o Hospício Nacional da superpopulação de internas.

1914: primeira internação de L. B. (18 de agosto – 13 de outubro).

1919-1920: segunda internação de L. B. (25 de dezembro – 2 fevereiro).

1937: nova mudança de nome: Hospital Psiquiátrico da Praia Vermelha. Eis o meu caminho.

***

Duas décadas depois, serei eu o responsável por concluir a jornada que L. B. iniciou. Daqui a três dias — terei coragem? — sim: é preciso cumprir o meu destino. Ah, o que não nos exige a Literatura!

15/01
Eu e L. B.: unidos pelo *gênio* e pela *cor*.

21/12
Finalmente consegui falar com o Sant'Ana: ele será a minha porta de entrada para o hospício. Surpreendi-o durante o almoço, após insistir com um dos enfermeiros. Ele não é mais inspetor, como na época de L. B., mas ainda trabalha na enfermaria; parece-me que ocupa algum cargo administrativo. Para ganhar sua confiança, menti: disse que fui amigo de L. B., e que cheguei a conhecer o seu pai. Agiu com desconfiança — talvez seja apenas a sua personalidade: não é um sujeito lá muito simpático —, mas logo venci o seu receio contando fatos sobre L. B. que apenas um amigo poderia conhecer.

Expliquei para ele o meu plano, que é o seguinte: farei com que os polícias me levem lá para dentro — não será difícil: bastará pagar-lhes uma dose de parati; assim, poderei entrar no hospício como indigente, a mesma condição em que L. B. foi admitido — e terei, desse modo, a oportunidade de passar exatamente pelo que ele passou. Uma vez lá dentro, o Sant'Ana arranjará as coisas para que eu me encontre com o doutor Juliano e seja transferido para a seção Calmeil, onde ficam os pensionistas. Ele não me ouviu com a devida atenção enquanto eu falava, decerto porque não acredita que eu seja, de fato, capaz de fazê-lo; erra ao subestimar-me. Quando enfim me vir lá dentro, perceberá que eu falava à vera.

Reencontrarei os internos que conviveram com L. B.? O hospício hoje está muito maior; muitos já morreram, certamente, e outros estarão arruinados. A loucura é uma moléstia que mata por dentro e por fora.

13/01

C. B., o tal que é tenente, convidou-me para um jogo de xadrez; como estava entediado, resolvi aceitar. A princípio, pareceu-me bom jogador, embora tivesse o estranho hábito (e o que não é estranho neste lugar?) de dissertar sobre cada um dos seus movimentos; não sendo eu especialista no assunto, julguei que fosse uma chance para aprender coisas novas. Começou usando uma abertura que me disse chamar-se inglesa; eu, na verdade, costumava usá-la, mas não sabia o nome. Depois, foi explicando cada movimento, e o jogo ficou interessante; então, veio-lhe outra vez o delírio: levantou-se, foi até a porta; disse coisas sem sentido, em tom imperativo, e começou a batê-la com força. Golpeou as paredes, retornou até a mesa e, com um murro, fez voarem o tabuleiro e as peças do jogo. Como já suspeitava que ele faria isso, eu não estava mais por ali.

Esse é um dos assassinos.

***

Anotar o que P. M. contou sobre a morte de sua mulher.

***

Mascarenhas como positivista. O interesse de Efigênia por Bilac. Amor e loucura: a morte de Efigênia leva ao manicômio.

23/12

Tenho apenas uma forma de qualificar o livro do professor Agassiz: é um espanto.

(Não me surpreende, aliás, que seja tão famoso na América)

Pergunto-me: por que esse magnífico intelectual, quando veio ao Brasil, não se limitou a estudar os peixes amazônicos, como inicialmente planejara? Em vez disso, o digníssimo se aventurou a estudar nossa mistura de raças — e o que resultou disso foi algo que, a meu ver, pode ser adequadamente descrito como um baralhamento mental; uma mistura de idealismo e cristianismo, embelezada por uns termos técnicos, o que não melhora o estado geral da barafunda.

***

Anotações sobre o caso Álvaro Ferrary: vivia feliz, com a esposa, filhos, etc., até a morte de seu filho, também chamado Álvaro. Começa a beber; passa a espancar a esposa e as três filhas. Em certa ocasião, entra em casa à noite, completamente embriagado, e encontra as filhas na sala de jantar, junto a um fogão de barro; a esposa, D. Ana, está no quarto, adormecida. Álvaro pega um pedaço de pau e avança contra as meninas, que fogem para a delegacia. Depois, elas voltam para casa, acompanhadas de um soldado, e encontram Álvaro morto: enforcou-se, num dos travessões do telhado da cozinha. A esposa enlouquece e é levada para o Hospício de Alienados; as filhas vão para a casa de um parente.

(n'*A Manhã*, 31-5-35)

15/01

Cada vez mais, tenho a convicção de que L. B. foi um espírito brilhante, embora a bebida o massacrasse. Foi essa, bem sei, a razão de sua loucura: não precisou dizer-me para que eu o percebesse.

***

Pensar nos outros nomes para **O cemitério**.
Sepulcro dos vivos?

***

Meu gênio *nele.*

27/12
Passei todo o dia procurando o Sant'Ana, em vão. Evito mencionar o seu nome para os outros enfermeiros porque não quero levantar qualquer suspeita sobre os meus planos; se as coisas continuarem assim, no entanto, não terei outra saída, a não ser perguntar por ele.

04/01
Estou no hospício ou, melhor, em várias dependências dele, desde o dia 25 do mês passado. Estive no Pavilhão de Observações, que é a pior etapa de quem, como eu, entra para aqui pelas mãos da polícia. (Porque eu assim quis, decerto, mas foi algo necessário: refazer o caminho de L. B.) Tiram-nos a roupa que trazemos e nos dão uma outra, só capaz de cobrir a nudez, e nem chinelos ou tamancos nos dão. O enfermeiro é ainda o português, um sujeito arrogante que só sabe falar aos gritos. Deram-me uma caneca, nela uma bebida que não pude identificar (sem dúvida, não era mate); o português, é claro, não perderia tempo dando explicações: quando

eu quis falar, mandou-me calar a boca e ficar com os outros. Não sabe ainda quem eu sou — nem saberá. Depois me atiraram sobre o colchão de capim, coberto com uma manta puída.

Não preciso refletir sobre a minha própria loucura, como fez L. B., por razões óbvias — não sou louco; ele precisava compreender os efeitos do álcool sobre o seu espírito; o pior, para ele, é que os delírios que o acometiam dificilmente poderiam ser distinguidos daqueles próprios da real loucura. Honestamente, eu ainda tenho as minhas dúvidas sobre as suas condições mentais; tive acesso aos relatórios de observação, que transcrevi noutro dia; mencionam insônias, alucinações visuais e auditivas, etc. Eu, pelo contrário, tenho plena noção de meu lugar: sou um observador, nada mais, e continuarei a sê-lo mesmo quando começar a aplicar meu método. *Atravessarei a loucura sem, jamais, entregar-me a ela.*

Como L. B., passei no pavilhão a noite do dia 25. Quando amanheceu, tomei café e pão e fui levado até o médico, um homem chamado Adalberto, de modos afetados e pernósticos. Fiquei na dúvida sobre a melhor forma de agir: deveria revelar minha condição ou passar por louco? Resolvi adotar uma posição intermediária: inventei sintomas, mas me conservei plenamente racional. Ele pareceu confuso, sobretudo pelo meu bom estado físico — aqui, a maioria dos internos parece à beira da morte; eu, a despeito de umas poucas sequelas de doenças venéreas, estou muito bem. O médico, depois de ouvir-me, ficou em silêncio por algum tempo; finalmente, rabiscou alguma coisa em seu relatório. Perguntei para ele o que eu tinha e, para meu espanto, declarou que não lhe cabia dizer-me; aliás, para ser mais veraz: disse que não tinha que dar *satisfação nenhuma* a um alienado. Objetei que eu tinha, sim, o direito de conhecer minha própria enfermidade, se alguma havia; para minha maior estupefação, respondeu, rudemente, que *minha doença seria aquela que ele determinasse*. Fiquei sabendo, assim, que a moderna Psiquiatria autoriza o médico não apenas a diagnosticar os males, mas também a colocá-los nos doentes por conta própria, o que é verdadeiramente espantoso. De fato, lidar com um sujeito desses deve enlouquecer qualquer um.

Como tenho a certeza de que não permanecerei por muito tempo sendo tratado dessa forma, já que logo o Sant'Ana intervirá, resolvi calar-me e aceitar essas arbitrariedades. Fui guiado novamente para o pátio; não tive que baldear a varanda ou lavar o banheiro como L. B., mas não consegui escapar da maldita ducha de chicote, experiência terrível, impossível de ser adequadamente descrita. Somos todos deixados nus; há uma imensa gritaria, cada um reage de uma forma — a maioria fica numa espécie de letargia, como que em bebedeira. Não sei como L. B. pôde apreciar isso: a única coisa que realmente o incomodou foi a situação de pudor; para mim, tudo pareceu medonho, e ainda não me saiu da mente a anojosa cena da água imunda escorrendo pelo chão.

(Descobri em minhas pesquisas que — embora L. B. sequer o suspeitasse — há, de fato, uma intenção punitiva nesses banhos de duchas; de acordo com a profunda sabedoria da medicina moderna, há nisso um poder curativo: a água, segundo os sábios de hoje, pode equilibrar os nervos e devolver à mente a moderação. L. B., sempre tão cético e crítico, não foi — dessa vez — capaz de acreditar que a tendência humana aos disparates chegasse a tais limites)

***

A Literatura matou L. B.; será ela, no entanto, a responsável por manter-me vivo e a salvo da loucura.

***

Não fui examinado pelo doutor Henrique Roxo, mas por outro médico; um homem rude, rubro e rotundo — dominado pela tara por livros, assim como o Roxo: exibe em sua estante vários volumes grossos, com lombadas escritas num alemão dos mais góticos; mas, se o Roxo lia livros e não lia a natureza (assim pensava L. B.), o rubro, não a lendo embora, compraz-se em observá-la: já pude notar que, muitas vezes, fica a contemplar os internos que desfilam despidos — os parvos olhos de sapo a rodar, rutilantes. Evitou perder tempo comigo: perguntou trivialidades (nome, hábitos, etc.), anotou algumas coisas e me dispensou. Fui então levado, finalmente, para o hospício propriamente dito — para a seção Pinel, onde ficam os indigentes, e onde temporariamente ficarei, até que o Sant'Ana providencie a minha transferência para a seção Calmeil.

L. B. julgou ter visto a imagem do que pode a desgraça sobre a vida dos homens; não suspeitava que as coisas poderiam ficar (ficaram) muito piores. Em seu tempo não havia tantos doentes, nem tanta miséria quanto há atualmente: mobílias, camas quebradas, colchões rasgados, tudo é de uma imundície sem par; há loucos de todas as idades, tamanhos e procedências — sobejam, no entanto, os pretos, o que me lembrou Agassiz ("Il y avait parmi les pensionnaires plus de noirs que je ne me serais attendue à en rencontrer..."). Hoje, há tantos por aqui que a ameaça da superpopulação já pode (outra vez) ser entrevista: não exagero se afirmo que parecem empilhar-se pelo pátio, esbarrando e tropeçando uns nos outros, o que comumente enseja ferozes brigas; chegam então os enfermeiros e apartam os pelejantes, aplicando injeções quando se faz necessário. (Ah, as milagrosas seringas! Que seria de nossa Psiquiatria sem elas?)

Não só a paisagem viva, mas também a inanimada é inteiramente diversa da que conheceu L. B. O prédio está malconservado, gasto pelo tempo e maltratado pela ação humana; não posso, contudo, dizer que isso me surpreende: antes de entrar aqui, eu já sabia que há quase três mil alienados vagando por este prédio — mas não sabia, nem poderia saber, quão próximo do inferno eu viria a chegar. Há, pelo menos, a luz da enseada, o ar límpido que chega aqui como uma promessa de liberdade — para os outros, pelo menos os raros que ainda têm algum resquício de sensibilidade. Quanto a mim, não preciso preocupar-me: amanhã, o Sant'Ana me levará até o doutor Juliano e tudo se ajeitará; não mais precisarei dormir naquele fétido quarto, entre as pulgas.

(Permanece válido o que L. B. afirmou acerca da mania dos doidos de andarem nus, o que acentua a impressão de que tudo aqui se assemelha ao inferno: arruinados que são, parecem feios como o diabo)

03/01

A questão de Gomensoro: "Se a feição, o peso, a forma do crânio nada denotam quanto à inteligência e vigor mental entre indivíduos da raça branca, por que excomungar o negro?"

A hipotética resposta de um *doutor* qualquer: "Porque, como sustentou um eminente especialista: 'a casta negra é o atraso; a branca o progresso, a evolução'. Essa inferioridade não se deve à constituição física do preto, mas à evolução, que o manteve em uma posição retardatária, como sustentou o *doutor* Henrique Roxo, cujas palavras cito: 'Ao passo que os brancos iam transmitindo pela herança um cérebro em que as dobras de passagem mais se aprimoravam, em que os neurônios tinham sua atividade mais apurada, os negros que indolentemente se furtaram à emigração, em que a concorrência psíquica era nula, legavam a seus descendentes um cérebro pouco afeito ao trabalho, um órgão que de grandes esforços não era capaz'. Portanto, estimado Gomensoro, é com base em sólidas evidências que a ciência moderna reconhece a inferioridade da raça negra, bem como sua inegável influência sobre moléstias que se devem, unicamente, à degeneração psíquica. Isso é algo bem observado pelo *doutor* Franco da Rocha, que percebeu a relação entre o elemento racial negro e moléstias como a idiotia e a epilepsia."

A *ciência, a ciência,* sempre a *ciência* — essa deusa suprema da religião positivista, justificadora de todas as violências, todos os assassínios, todas as ferocidades! Com que autoridade, com que pedantismo os *doutores* não se prestam a proferir discursos que, com bases *científicas,* propugnam as coisas mais detestáveis! Com que hipocrisia não extraem os *doutores,* de seus nefastos sistemas filosóficos, supostas verdades cujo único propósito é ordenar o mundo de tal forma que uns possam sempre sobrepujar os outros! E os piores doutores são sempre... brancos!

27/12

Como combinado, o Damasceno veio visitar-me: é a única pessoa que acredita em meu projeto. Trouxe-me secretamente cigarros, livros e minhas anotações; aproveitei a confusão que aqui se forma nos horários de visitas e escondi tudo no meu quarto, dentro do colchão — já o recebi com esse útil compartimento: uma enorme fenda na parte inferior.

Um dos guardas perguntou se ele é meu irmão: respondi que sim; disse-me então que *realmente* somos muito parecidos. O Damasceno é magérrimo e usa uma espessa barba, ou seja, em nada se parece comigo — exceto pelo fato de que é preto, ainda que de um tom muito mais claro do que o meu. Será o guarda um doido incumbido de vigiar outros doidos? Ou será apenas miopia de raça?

***

Começar a transcrever as anotações dos cadernos para o diário (o *meu*, não o dele).

Nenhuma esperança me visitou, jamais.

***

Truculência dos guardas para que os loucos não possam fugir. Refletir sobre os interesses filosóficos de L. B. Examinar a Limana. Por que a obsessão de L. B. por Plutarco? Relação entre filosofia e Literatura. "Ao olhar do crítico filósofo, os bons e maus livros se completam e são indispensáveis à formação de uma Literatura." Relação entre filosofia e loucura.

***

Ninguém sabe ao certo o que é permitido e o que não é neste lugar. Cigarros, creio, são proibidos, mas circulam por aqui às toneladas, a tal ponto que servem como moeda de troca; os enfermeiros invariavelmente fazem vista grossa e, às vezes, participam das negociações. A maioria dos loucos troca cigarros por jornais, embora boa parte sequer os leia: são inúmeros os que se contentam em carregá-los debaixo do braço, como se isso fosse demonstração de *status*. Há quem os use para fazer roupas, chapéus, etc.

14/01

Poderia uma mulher salvar-nos?

Poderia L. B. ser salvo por Leonor? Seria o amor capaz de evitar seu trágico destino, não o empurrando para o precipício?

Quanto a mim...

Três vezes encontrei C.

Na primeira vez, mal pude falar-lhe, tão encantado fiquei com sua aparência: os cabelos louros, os olhos verdes — custou-me crer que era noiva de J. R., um sujeito estúpido e brutal. Tratou-me muito bem, com simpatia e gentileza; recordo-me ainda de quando pousou a mão sobre o meu braço...! Fortuito, contudo, o encontro. Naquela noite, apareceu em meus sonhos; e pensei que jamais voltaria a encontrá-la.

Quando os encontrei pela segunda vez, C. já era mulher de J. R., e me pareceu muito diferente. Havia algo de melancólico em sua aparência; pálida, vagarosa, movia-se pesadamente, como se sobre ela houvesse um fardo insuportável. Cheguei a pensar que estivesse entediada devido aos disparates repetidos por J. R. — como devia ser difícil conviver com aquela burrice! Num momento em que ficamos a sós, tentei principiar uma conversação com ela; contudo, deu-me respostas breves e desatentas, o que muito me entristeceu.

Quando a encontrei pela terceira vez, já se tornara uma cobiçada viúva. Era amante de alguns dos mais desprezíveis sujeitos, piores ainda que J. R., que a enchiam de atenção, mimos e presentes; talvez por isso estivesse tão alegre, sorridente e exuberante. Eu estava com Basílio; sugeri a ele, brincando, que poderíamos ser candidatos, também, à posição de seus amantes. Respondeu-me:

— Ambos preenchemos um dos requisitos: temos dinheiro. Mas esqueces um detalhe: eu sou branco; quanto a ti...

Eu não falava a sério; mas a galhofa de Basílio me feriu profundamente.

Talvez uma mulher pudesse salvar-me; porém, nunca consegui procurar qualquer mulher que não fosse como C. — ao menos, para noiva, ou para amante... e por que, senão pelo desejo de estar à altura de meu pai?

10/01

O gosto de L. B. pelo azul: (anotações para um ensaio)

"Olhei um instante a seda azul do mar levemente enrugada e sorvi um pouco da vibração que soprava da barra"; "O dia estava fresco e azul."

"A manhã bonita. Desço. O ar acaricia. Tudo azul. A paisagem é de algum modo europeia. (...) Ar polvilhado de alegria. Azul diáfano. Tudo azul. As árvores verdoengas do parque destoam. O rolar das carroças é azul; os bondes azuis; as casas azuis. Tudo azul."

"As cigarras defronte chilreavam no tamarineiro desfolhado;

começava a esquentar e o céu estava de um azul ligeiro, tênue, fino."; "Se uma bala zunia no alto céu azul, luminoso, as moças davam gritinhos de gata, corriam para dentro das lojas, esperavam um pouco e logo voltavam sorridentes, o sangue a subir às faces pouco e pouco, depois da palidez do medo."; "O tecido do céu se tinha adelgaçado: o azul estava sedoso e fino; e tudo tranquilo, sereno e calmo."

"Quando foi assassinado, vestia a farda de contínuo: dólmã azul-marinho e calças da mesma cor."; "No seio da noite, um apito de locomotiva ecoou como um gemido; as árvores como que estremeceram; por sobre um capinzal próximo, um pirilampo emitia a sua luz de prata azulada."

"Dentes negros e cabelos azuis."

(Exemplos mais convincentes. Título: "Da presença do azul na obra de L. B.: a influência de uma ideia fixa em sua obra literária". Usar tudo: romances, anotações, etc.)

Ninguém percebeu isso; ninguém além de mim.

Posso afirmar, sem qualquer possibilidade de erro, que sou o maior conhecedor de sua obra.

05/01

O Sant'Ana antes me havia assegurado que poderia providenciar um encontro com o doutor Juliano; agora, desconversa. Tive, literalmente, que persegui-lo para que viesse falar comigo: ele insistia em dizer que não poderia fazer nada por mim, que seria impossível providenciar esse encontro, que eu devia estar delirando. Sant'Ana parece julgar que *eu* sou louco — como é possível?! Vi-o quando entrou na enfermaria; quase tive um acesso de fúria, mas consegui controlar-me. Isso não ficará assim.

É um sujeito dissimulado, sobre isso não tenho dúvidas. Age de forma bondosa para com os doentes; não poderia ser mais falso. Serve a interesses. Se ajudou tanto L. B., por que se recusa a tratar-me do mesmo modo? No fundo, conheço a razão: porque sabe que eu seria capaz de *superá-lo*, de tornar-me *maior* que L. B. (se já não sou)

Por causa desse traidor, serei obrigado a ficar mais tempo no meio dos indigentes. Ontem à noite, acordei com um rato — um rato! — na cama; acordei num susto, dei um pulo da cama — e acabei despertando um doido, cujo nome desconheço, mas que os outros chamam de Rocha, que dorme na cama ao lado. Julguei ser um sobrenome, talvez seja um apelido: ele se limitou a ficar sobre o colchão, sentado, estático. Estava na mesma posição quando acordei, pela manhã.

03/01

O que vejo quando contemplo a enseada de Botafogo? Sob o límpido azul, enxergo o mar da escravidão moderna, o mar dos negreiros, que assistira durante três séculos o drama de sangue, de opressão e de morte, o sinistro drama do aproveitamento das terras da América pelas gentes da Europa. As dores de tantos milhões de seres, das suas agruras, dos seus padecimentos, da sua morte, permanecem aqui, nos corredores do hospício, nas almas de toda esta gente aqui recolhida — esta gente negra, que traz no sangue o sofrimento de seus ancestrais; esta gente condenada à treva absoluta.

***

"A capacidade mental dos negros é discutida *a priori* e a dos brancos, *a posteriori*."

22/12

Henrique Rocha, internado em 1934; sofria de psicose alcoólica. Dizia-se perseguido por Manoel Joaquim, copeiro – que este fazia queixas aos diretores, etc.; ansiando vingança, desejava matá-lo. Certa madrugada, conseguiu escapar de sua cela e arranjou uma vassoura; entrou no primeiro quarto que encontrou e, tendo localizado alguém que dormia, começou a espancá-lo. Ouvindo os gritos, um vigia acorreu ao local, acompanhado de um enfermeiro; assim que entraram, foram também atacados pelo louco, mas conseguiram subjugá-lo. Em cima da cama, estava o corpo ensanguentado de Hilário da Silva Freire, com a cabeça arrebentada. O louco pretendia assassinar o copeiro, mas matara outro louco. Não desistira, entretanto: Henrique Rocha declarava que ainda odiava Manoel Joaquim — e que o mataria, mais cedo ou mais tarde.

(*Gazeta*)

***

"Nós nos abalamos em todos nossos sentidos, no dia comemorativo à transgressão de um direito que temos: o da vida; e que é o dia de Finados, parece-me que é uma força coercitiva imprecadora dos nossos dias, a causa de não compreendermos mais resolutamente, que todos nós têm o seu fim, o seu término. Alcantila-se numa artística ironia renascente, a situação da cidade dos mortos, que traz o nome rude do comunismo plebeu: — o cemitério. Disposições tumultuosas em flores bem valiosas, para formas terríficas da matéria em dissolução de continuidade, lamentos fluídicos da fonte soberba da dor, que é a lágrima, estremecem-nos o nosso conceito de orgulho próprio, concordante nesta verdade, desoladora, de que estamos em presença da nossa maior integridade derruída, e que de um dia para outro, teremos aquele sítio, ou um outro que se assemelhe, como nossa morada final."

***

Na versão original da tragédia, quando Hieronimo e sua esposa Isabella encontram o cadáver do seu filho enforcado e esfaqueado, só Isabella enlouquece; apenas nas versões posteriores, a loucura passa a assolar também Hieronimo. Ainda haverá quem creia que os homens resistem mais à loucura que as mulheres?

30/01

E pensar que L. B. esteve aqui até a semana passada — ainda há vestígios seus por aqui: a guimba de cigarro, o papel com as anotações, o nome — ligar para o telefone.

Vou para a Calmeil amanhã. Falarei com o doutor Juliano.

***

Morrerei sem dinheiro, preto e livre.

04/01

O erro de escrever; a impossibilidade de não escrever.

O erro de acreditar na redenção pela escrita. A impossibilidade de não acreditar que haja na escrita alguma verdade, e nesta verdade algum sentido, e neste sentido alguma forma de libertação.

Mas o que é, afinal, a liberdade? Muitas vezes, julguei compreendê-la; hoje, percebo que sempre me enganei.

A liberdade com que sonhamos só existe para os outros.

***

A Literatura é uma forma particular de inferno.

21/12

Consegui com o Airosa os relatórios de L. B.; não deixou comigo os papéis, mas pude anotar o que me interessa.

***

Entrada: 18 de agosto de 1914.

Inspeção geral: É um indivíduo de boa estatura, de compleição forte, apresentando estigmas de degeneração física. Dentes maus; língua com acentuados tremores fibrilares, assim como nas extremidades digitais.

Comemorativos de família: Quanto aos antecedentes de família, informa que sua mãe morreu tuberculosa: o pai vivo *goza saúde e é robusto*. Tem três irmãos fortes. Informa depois que seu pai sofre neurastenia. (L. B. melhor faria se mentisse: hereditariedade da loucura, etc. A questão principal é: por que disse a verdade?)

Comemorativos pessoais e de moléstia: Cópia da guia policial: — "Nada informa aos antecedentes de hereditariedade. Acusa outros no rapto de manuscritos. Acusa insônias, com alucinações visuais e auditivas. Estado geral bom. Boa memória." Já teve sarampo e catapora, blenorragia, que ainda sofre, e cancros venéreos. Confessa-se alcoolista imoderado, não fazendo questão de qualidade. Está bem orientado no tempo e meio. Memória íntegra; conhece e cita com bastante desembaraço fatos das histórias antiga, média, moderna e contemporânea, respondendo às perguntas que lhe são feitas, prontamente. Tem noções de álgebra, geometria, geografia. Nega alucinações auditivas, confirmando as alucinações visuais. Associação de ideias e de imagens perfeitas (*sic!*), assim como perfeitas são a percepção e atenção. (...) é um indivíduo que tem algum conhecimento e inteligente para o meio em que vive. Interrogado sobre o motivo de sua internação, refere que, indo à casa de um seu tio em Guaratiba, prepararam-lhe uma assombração, com aparecimentos de fantasmas, que aliás lhe causam muito pavor (!!!). Nessa ocasião, chegou o tenente Serra Pulquério, que, embora seu amigo de *pândegas*, invectivou-o por saber que preparava panfletos contra seus trabalhos na vila proletária Marechal Hermes. Tendo ele negado, foi conduzido à polícia, tendo antes cometido desatinos em casa, quebrando vidraças, virando cadeiras e mesas. (...) Protesta contra o seu "sequestro", uma vez que nada fez que o justifique. Nota de certo tempo para cá animosidade contra si, entre os seus companheiros de trabalho, assim como entre os próprios oficiais do Ministério da Guerra de onde é funcionário. Julga que o tenente Serra Pulquério teme a sua fama "ferina e violenta", pois, apesar de não ser grande escritor (!!!) nem ótimo pensador, adota as doutrinas anarquistas e quando escreve deixa transparecer debaixo de linguagem enérgica

e virulenta os seus ideais. Apresenta-se relativamente calmo, exaltando-se, contudo, quando narra os motivos que justificaram a sua internação. Tem duas obras publicadas: **Triste fim de Policarpo Quaresma** e **Memórias** (*sic!*) **do escrivão Isaías Caminha**.
Saída: Transferido em 27 de agosto de 1914.

***

Entrada: 25 de dezembro de 1919.
Saída: Transferido em 26 de dezembro de 1919.
Diagnóstico: Alcoolismo.

***

Permanência anterior, data e diagnóstico:
Entrada na seção: 27 de agosto de 1914 (de permanência atual).
Saída: 13 de outubro de 1914 (alta a pedido).
Transferido da S. Pinel, em 29 de dezembro de 1919.
Anamnese: Este doente foi internado quando o alienista que dirige a Seção Calmeil e escreve estas linhas se achava em gozo de licença. Não o vi, portanto. (anotar!) Estou porém informado de que no Pavilhão de Observações, onde permaneceu cerca de um mês, teve o diagnóstico de alcoolismo.

O inspetor desta seção (Sant'Ana? Terá mentido?) conheceu seu pai, que era administrador das Colônias de Alienados da Ilha do Governador. Informa que este senhor fazia uso excessivo de bebidas alcoólicas, apresentando humor irascível e taciturno. Conta-nos ainda que o progenitor do observado se acha agora em avançado estado de demência. (cinismo do Sant'Ana)

O observado Afonso Henrique (*sic!*) goza nos meios literários da reputação de um escritor talentoso e forte, cheio de mordacidade. Aliás, alguns de seus trabalhos evidenciam esses méritos de escritor. Parece que nas palestras de café é o observado muito querido por seus ditos chistosos e picantes.

***

<u>Permanência anterior, data e diagnóstico:</u>

<u>Saída</u> — Transferido para a Seção Calmeil, em 29 de dezembro de 1919.

<u>Anamnese</u>: É um indivíduo precocemente envelhecido, de olhar amortecido, fácies de bebedor, regularmente nutrido.

Perfeitamente orientado no tempo, lugar e meio, confessa desde logo fazer uso, em larga escala, de parati; compreende ser um vício muito prejudicial, porém, apesar de enormes esforços, não consegue deixar a bebida.

Por este abuso já passou certa vez três meses no Pavilhão, o que, entretanto, nada adiantou, voltando desde a saída a embriagar-se. Informa que as suas perturbações quando aparecem são em forma de delírios, sempre consequentes a um abuso mais forte e mais demorado.

Foi o que sucedeu desta vez, alarmando um seu irmão, que julgou conveniente a sua internação, apesar de seus protestos.

Indivíduo de cultura intelectual, diz-se escritor, tendo já quatro romances editados, e é atual colaborador da *Careta*.

Fala em seus últimos delírios, reconhecendo perfeitamente o fundo doentio deles, e diz-se certo que tal só sucedeu graças às suas perturbações mentais.

Estes delírios que são facilmente descritos pelo paciente são de caráter terrificante, perseguidor etc.

Geralmente a amnésia em relação às fases de embriaguez é completa, porém estes últimos delírios, segundo o próprio, passaram-se sem que estivesse em completo etilismo, motivo por que é capaz de descrevê-los.

Mãe falecida tuberculosa. Pai vivo aposentado no serviço da administração das Colônias de Assistência a Alienados; há 18 anos não sai de casa, preso de psicastenia ou lipemania, como informa o examinado.

São notáveis os tremores fibrilares da língua e das extremidades digitais apresentados pelo paciente, bem como abalos e tremores dos músculos da face, mormente quando fala. Palavra algo arrastada e meio enrolada, certas vezes. Teve blenorragia e cancro mole, icterícia e febres palustres.

26-12-19.

J. A.

Nota — Merece assinalar-se que o paciente, referindo-se ao seu escrito a sair sábado 27, na *Careta*, tendo sido feito há apenas 15 dias, está para ele completamente esquecido. Foi elaborado quando em estado de leve embriaguez.

29/12

Víbora, vil: é de fato um vilão o safado do Sant'Ana. Hoje, depois de muito insistir com os enfermeiros — e de alguma negociação com cigarros, como sempre ocorre aqui: também eles têm os seus vícios e não resistem a uma boa oferta, especialmente um que por aqui chamamos carinhosamente de Caveira, por sua esquálida magreza e pelo gozo com que maltrata os doentes; com seu magro sorriso de poucos dentes, está sempre pronto a ceder a qualquer oferta —, consegui, enfim, saber que ele realmente não está aqui: o Sant'Ana está *em férias* — a despeito do que me havia prometido, de dizer que me ajudaria no encontro com o doutor Juliano, o biltre saiu de férias e me deixou aqui neste inferno, em meio a este bando de loucos, dormindo num colchão cheio de pulgas entre os indigentes! Sequer sabem dizer quando retorna: alguns acham que só pelo dia dez de janeiro; enquanto o canalha se esconde, eu passo pelos piores suplícios. Terá, eu asseguro, uma bela surpresa quando retornar —— não deixarei barato.

***

"Dintorno al fosso vanno a mille a mille, / saettando qual anima si svelle / del sangue più che sua colpa sortille."

07/01

O hospício, para quem tiver interesse ou curiosidade, pode ser descrito da seguinte forma: é uma espécie de labirinto, não apenas num sentido objetivo, em termos físicos — as paredes, os corpos que vagam de um lado para o outro, despidos e sem rumo —, mas também no tocante aos sentidos: ouvem-se aqui vozes durante todo o tempo, e cada delírio tem sua particular modulação; é, de fato, uma incoerência verbal, como disse o L. B., cheio de diálogos em que cada qual diz uma coisa diferente, cada discurso segue para um lado e jamais se encontra um assunto em comum. Parece-me que os loucos efetivamente perdem o sentido das palavras: balbuciam, trocam troças e ruídos; a linguagem expõe, assim, as perdas de rumo da razão, como que entregue ao cadafalso.

Penso no que L. B. deve ter enfrentado aqui. Para ele, é claro que tudo era muito pior, porque precisava todo o tempo defender-se — dos outros e de si mesmo: rechaçar essa barreira, afastar-se do limite que separa a loucura da sensatez, loucura em cujo domínio parecia sempre prestes a penetrar. Quanto a mim, pelo menos essa preocupação não carrego: tenho pleno domínio das minhas faculdades mentais, a tal ponto que preciso simular sintomas para os médicos que me examinam. Conseguirei enganar também o doutor Juliano?

25/01

Reli agora o elogio ao Guyau que eu fiz no discurso: sem dúvida, é merecido. Genial filósofo, esteta, moralista e poeta, etc. A arte como fenômeno social.

***

Não sabe suportar nem a boa nem a má fortuna.

07/01

Ainda sobre a loucura de L. B.: pensava que a bebida causara sua doença, julgava um erro não ter seguido o decálogo ("Não beber excesso de coisa alguma"), etc.; tenho minha teoria sobre isso. Também eu bebo — parati —, e confesso o meu vício; nem por isso, contudo, degradei-me — o que me leva à preciosa conclusão: a causa da loucura não está na bebida, mas nos motivos por que se bebe. L. B. bebia para fugir das aflições: do medo da miséria, da morte de seu pai, das moléstias, etc.; havia, portanto, um medo que o motivava, e o álcool acabou por transformar o sentimento em loucura.

Por que os médicos não encontram a raiz da loucura no amor, na riqueza, nas posições e nos títulos? De fato, o que mais se vê no hospício é a loucura por alguma dessas causas. A riqueza provoca a loucura por seu excesso ou por sua falta: a primeira classe está lotada de grã-finos que, vez por outra, revoltam-se para obter privilégios de que se julgam merecedores; entre os pobres, pululam os que se dizem nobres ou seus descendentes — certo dia apareceu um que se dizia viúvo de D. Maria de Portugal. Quanto ao amor, basta ver os casos dos que mataram suas próprias mulheres, cujas histórias cuidarei de transcrever aqui. Quanto aos títulos e às posições... médicos, polícias, que me podeis dizer?

23/12

"Quando a vida cá fora estiver tão agitada e aborrecida que se não possa viver tranquilo e satisfeito, há um asilo para a minha alma — e para o meu corpo, naturalmente. (...) o asilo que buscarei, quando a vida for tão agitada como a desta semana, não é o céu, é o Hospício dos Alienados." Li e reli essa crônica (saiu n'*A Semana* de 29/09/95), cada vez mais cheio de revolta. Imaginar que no hospício seja possível fugir ao tumulto da vida! Só poderia mesmo brotar de um espírito afeito à "literatura" de abstração.

***

O doutor Jefferson de Lemos, em **Assuntos médico-sociais**, revela-se o mais obstinado, o mais intransigente, o mais inflexível advogado das ideias positivistas que tive a oportunidade de conhecer, nos tempos recentes. Ainda que tenha algumas teses interessantes — agradaram-me, sobremaneira, suas considerações "sobre a música aplicada ao tratamento da loucura", consoante as quais as músicas podem ser benéficas aos doentes mentais, ressalvas feitas às charangas e *jazz bands* que, como defende, podem irritar e adoecer uma mente normal —, seu texto sobre a crise cerebral de Augusto Comte não passa de uma compilação de disparates, produzida com o único propósito de salvar a Filosofia Positiva. O doutor Jefferson de Lemos lamenta, ainda, o rebaixamento a que se sujeitaram as mulheres, movidas por sua ânsia de "igualdade ao homem".

(Em algum lugar, li que o doutor Jefferson de Lemos advoga que há criminosos cujo cérebro apresenta defeitos incorrigíveis, sendo inteiramente desprovidos de altruísmo, que devem ser humanitariamente suprimidos pela pena de morte)

28/01

O Torres matava camundongos, pelava-os, estripava-os, para dar aos gatos, a fim que não tivessem trabalho de fazer isto.

***

Loucura: — "Meu parceiro no jogo é um indivíduo muito irritante. Ele sempre me pergunta: Você conhece o senhor fulano?

Enquanto espera minha resposta, ele diz: Esse senhor fulano é casado com minha prima que é filha do doutor fulano. Você conhece? — Não. — Ao menos o doutor... Ele fez fama em Valparaíso. — Não. Tinha dito a ele que estive no Hospital Central. — Você conheceu certamente o general Travassos. Eu me enfureço e me retiro, enfurecido. Eu digo: — Ontem disse assim que fui colocado no H. C., o ano passado. Ah, meu Deus da França! Que sufoco!"

27/01

Aqui na minha seção, havia um louco que foi transferido, por um desses mistérios burocrático-administrativos próprios de instituições como esta, onde a corrupção já há muito triunfa sobre quaisquer procedimentos sensatos; eis que lá começou a espiar o A., um sujeito estranhíssimo que ficava vagando pelas salas e corredores a dizer coisas desconexas e palavrões e a repetir, de quando em quando, a palavra *podestade* e derivadas, acompanhadas de outras que não fazem sentido. Não vi o imitador, mas me disseram que agora anda de um lado para outro a dizer: *podestade, poderoso, podredouro, podre d'ouro.*

26/12

Um grande retângulo, com quatro grandes pátios internos, separados por um corpo central: de um lado, as seções femininas; de outro, as masculinas. Entrada única na construção central.

Acima, a capela; abaixo, a farmácia — ou seja: abaixo, cura-se o corpo; acima, cura-se o espírito.

***

Colunas: no primeiro pavimento, dóricas; no segundo, jônicas. Quanta organização — como se a ordem do concreto correspondesse à ordem humana!

***

Um alemão esculpiu as sete estátuas de mármore de Carrara. São elas: o imperador, preparado para a sagração; José Clemente Pereira, como o provedor; São Pedro de Alcântara, padroeiro; a Ciência e a Caridade; Pinel e Esquirol.

As estátuas de Pinel e de Esquirol ficam nas entradas das seções batizadas com os seus nomes (Pinel: homens; Esquirol: mulheres). As estátuas da Caridade e da Ciência ficam no pórtico, fora dos muros. Comenta-se, por isso, que a Ciência e a Caridade foram impedidas de entrar no hospício — o que corresponde à mais pura verdade.

20/01

Preciso separar as duas partes: de modo que eu esteja no centro, que eu possa ter certeza sobre o que digo, falo, faço. Não escrever nada que não seja absolutamente certo, produto de elaboração racional, de visão límpida e clara. Clara — mas qual das duas? Eu preciso direcionar, seguir, ou melhor, não deixar que elas me levem: eu preciso estar sempre à frente das palavras, do meu fio, e evitar o labirinto. Mas como?

***

Doze anos num ovo. Como o T., que diz que ficou assim, doze anos num ovo.

***

Colocar uma fronteira fixa, de maneira que eu saiba muito bem em que região estou a cada momento: assim, evitarei que tudo aquilo aconteça outra vez. Agora estou aqui, dentro do meu quarto, escrevendo — e vejo pela janela o homem que se parece com o V. O. *ele não é o V. O. e eu não posso me esquecer disso* vejo pela janela, e ele faz mais uma vez um de seus discursos: sempre acha que fala muito bem sobre tudo. Diz que a Guerra está acontecendo lá fora, referindo-se, evidentemente, à Praia Vermelha; aponta na direção do mar e jura ser capaz de avistar navios aproximando-se com bandeiras inimigas; reproduz gritos de guerra em línguas inexistentes e afirma que um dos comandantes inimigos é Napoleão Bonaparte, que deseja capturá-lo com seus sete mil soldados montados em cavalos brancos — faz questão de especificar: a loucura gosta de detalhes. Cercam-no outros doidos; começam a falar, cada um, seus próprios disparates — e também eu preciso conter esse ímpeto de ir lá, mandar-lhe calar a maldita boca, parar de falar besteiras, dizer que não há Guerra ou navio, que Getúlio garantiu que haverá paz aqui — é mais fácil uma cobra fumar que haver paz dentro deste maldito hospício mas em mim, em mim, sim, *haverá*: o que preciso é encontrar formas de manter a razão dentro de mim mesmo, a despeito dos loucos e das pulgas, do pânico e dos pesadelos, dos poucos momentos que tenho de tranquilidade.

Uma parte de mim, aquela que deseja discutir e enfrentar os loucos; outra parte, a que deseja apenas fugir e ficar em paz deitado sobre o colchão sujo — e eu, o que eu preciso é encontrar meu próprio lugar, é ver seus rostos e manter-me a salvo, é não ouvir as vagas vozes que me cercam e que me arrancam os restos de razão. Entre as vozes, onde estou — eu — L. B.?

04/01
"Um índio selvagem aprisionado e domesticado, um negro africano reduzido à escravidão, não terão, pelo simples fato da convivência com a raça branca, mudado de natureza. Então eles se poderão conter pelo temor do castigo e receio de violências, mas absolutamente não terão consciência de que seus atos possam implicar a violação de um dever ou o exercício de um direito, diversos daquilo que até então era para eles direito e dever." (Nina Rodrigues)

29/12
(caderno antigo)
Quanto custou construir o hospício: 2.672.424$689. (Airosa)
A inauguração foi em 30 de novembro de 1852.
Deve ter sido um prédio belíssimo antigamente. Hoje em dia está tudo caindo aos pedaços: cada buraco na parede é um ninho de ratos ou baratas. Durante a noite, vêm passear sobre os doentes. É normal acordar com insetos cobrindo o corpo.

***

Tomasso Emmanuel residia no morro da Porta d'Água, em Jacarepaguá, até que os temporais arrasaram sua cabana. Era casado, mas perdeu mulher e filhos. Sem ter onde morar, passou a viver sob a ponte de Cascadura. Dizia viver apenas para Jesus, cultivando longa barba e cabelos compridos. Chamavam-no "Profeta de Cascadura", mas não curava, nem fazia milagres. Gostava do doutor Juliano Moreira.

03/01

Minha trajetória não poderia ser mais diversa da de L. B.; sem dúvida, isso influenciou nossos diferentes destinos. Se L. B. ficou infeliz devido à indiferença com que seu primeiro livro foi recebido (a ausência de ataques, o silêncio dos opositores, os elogios dos que se dispuseram a comentá-lo), julgando que isso acabou por enfraquecer-lhe o ânimo — o que, por outro lado, novamente o fez entregar-se à bebida —, nada me espantou o silêncio diante de meu primeiro romance: por sua temática, pela série infinita de inovações formais que nele inseri, eu tinha certeza de que não seria lido — e, se fosse, não o compreenderiam. Assim previ, e assim aconteceu. A verdade é que os modernistas, que se julgam tão de vanguarda, estão séculos atrás do que realizamos eu e L. B. — porque, em relação à estética, eles se mantêm na superfície, importando futurismos do estrangeiro; e, no nível social, julgam-se os desbravadores do Brasil — como se de fato soubessem de alguma coisa! Olham demais para os "índios" e pouquíssimo para os negros; quando olham, é apenas em busca do exotismo, do estereotipado, e nunca são capazes de perceber o que realmente interessa: a exploração.

Digo que, em verdade, toda a suposta ousadia da "literatura" brasileira contemporânea não passa de uma enorme bobagem: são todos uns machadianos da pior espécie — só o que fizeram foi trocar as mimosas mulheres para quem o Machado escrevia pela intelectualidade burguesa, sempre eriçada por qualquer novo modismo artístico que nos chegue da Europa. E então, o que eles fazem? Ora, diante de seu espírito tornado estrangeiro, todo o Brasil parece sumamente excêntrico e pitoresco: acham-se os descobridores de uma língua que todos sempre falamos, julgam que são *eles* os responsáveis por levá-la para o que chamam de "literatura" — como se L. B. e eu já não o tivéssemos feito! —, e ademais sempre escrevem naquele mesmo tom leviano, infantil, piadístico que tanto agrada aos imbecis anglófilos falantes do estúpido dialeto brás-cubasiano; se me lessem, e se dessem o mínimo valor ao L. B. — se compreendessem a nossa *Literatura militante* — , quem sabe assim fossem capazes de tratar do que realmente importa: talvez percebessem a profundidade que há em nossas obras — na que L. B. publicou e na que eu, habilmente, reescrevi, corrigindo e aperfeiçoando o já esplêndido trabalho.

Pouco, no entanto, importa que me leiam ou que não me leiam: o gênio de L. B. há de ser futuramente conhecido, assim como o meu — e as gerações futuras decerto hão de ler não só os nossos **Policarpo** e **Isaías**, mas também **Clara**, quando finalmente o livro for publicado. Espero poder cuidar disso eu mesmo — quando sair daqui, decerto poderei fazê-lo; muito embora não possa precisar o motivo, guardo comigo, desta vez, a intuição de que as coisas mudarão. Se eu conseguir mais algum dinheiro com o Damasceno, talvez possa publicar o meu **Cemitério** e enfim, quem sabe, ser lido e reconhecido da forma como mereço; e poderei, então, publicar sem receios minha versão de **Clara**, que aperfeiçoa e corrige o manuscrito de L. B., junto de seu texto original, acompanhado de minhas pertinentes anotações. Quanto não ganharia com isso o nosso mundo literário — a revelação simultânea de dois gênios: um, L. B., que ainda não foi devidamente descoberto por nossos parvos e míopes intelectuais; e eu, que serei finalmente admirado por minha genialidade — um nome enfim digno de respeito nesta terra de néscios, que perde o seu tempo cultuando impostores!

Orgulho-me de não fazer parte das camarilhas literárias que dominam e empobrecem a cultura nacional: em minha trajetória, tenho apenas um companheiro, o que muito me honra — e algum dia seremos vistos como as almas gêmeas que iluminaram as letras do Brasil verdadeiramente autêntico, verdadeiramente moderno, distante de estranhezas estrangeiras e de fúteis futurismos.

12/01

Fui traído uma segunda vez. Há uns dias, não via o Benjamim; hoje, descobri que ele deixou o hospício anteontem — e não me avisou.

Ainda não consegui saber que tipo de relações ele tinha, ou qual era a sua influência aqui dentro, mas já começo a fazer alguma ideia: o Gato, o Marquês de Gato, que gosta de passar-se por superior e influente, dizendo-se filho de um ex-ministro do Império, tinha (e ainda tem) por hábito comparar-se a ele, evidentemente colocando-se em posição superior: diz que no Império a política era mais nobre (*sic!*), que o posto de ministro do Império era apenas inferior em poder ao próprio imperador (*sic! sic!*) e coisas desse tipo; arremata dizendo que, comparado a ele, o Benjamim (que tem cara de português) não passa de um preto, vagabundo e ladrão (adjetivos que ele utiliza para insultar tudo e todos). O que isso me permite deduzir é que o Benjamim também era filho ou parente de algum político, o que pode explicar sua influência junto aos enfermeiros, especialmente ao Manuel (que também não tenho visto por aqui), e isso possibilitou sua saída.

Não são poucos os que, como ele, embora tenham posses — e possam, por isso, ser transferidos para a seção Calmeil, onde *eu* deveria estar, em meio aos pensionistas — , permanecem aqui, com os indigentes: é essa uma forma de receber o tratamento sem gastar dinheiro. Para eles, aliás, isso nem faz diferença: como são de superior estirpe aos olhos dos funcionários, recebem as melhores camas, mais atenção, um tratamento mais digno, etc. Se aqui houvesse algum senso de justiça, esse tipo de atitude mereceria uma adequada punição — trata-se claramente de um crime, um sério desvio do dinheiro público que, ademais, coloca em risco os verdadeiros doentes; mas, como vivemos na Bruzundanga...!

28/12

Clara:

Nasceu................1868
Morte do pai................1887
Deflorada................1888 (13 de maio)
Dá à luz................1889
Deixada................1892

Casada ....~~1894~~ 1895
Viúva................... 1899
Amigada de novo............1900
Morte..............................1922

***

"O idiota é, normalmente, um pária da sociedade." (H. R.)

***

Seu Ferraz: quatrocentos e vinte anos; dizia que sua mãe também tinha quatrocentos e vinte anos. Apresentava-se como "doutor" —— engenheiro civil, formado pela Escola Politécnica; afirmava que, se fosse presidente da República, acabaria com a miséria por intermédio de uma pagadoria da polícia que seria responsável por fornecer roupas e comida a quem necessitasse; trabalharia apenas quem quisesse. Há uma extraordinária sensatez nas ideias do Ferraz, que poderiam resolver muitos problemas: a polícia teria algum objetivo melhor do que perseguir os pobres; os impostos seriam utilizados para o mais nobre dos propósitos. Mas o Ferraz cometia um erro capital: pensava que seria capaz de impedir a venda da cachaça (embora admitisse a venda de todas as outras bebidas alcoólicas: cerveja, conhaque, etc.). Assim pensava porque a cachaça o enlouquecera; mas não se dava conta de que proibir a venda de alguma coisa é a melhor maneira de aumentar sua popularidade. Será que os planos do Ferraz resultariam numa nação de loucos? Será que, por isso mesmo, recusava-se a pôr em prática o projeto de ir ao Catete, preferindo ficar no hospício?

21/01

Cada vez mais aumenta a minha obsessão — ontem, praticamente não dormi, pensando apenas no Caveira: torna-se cada vez mais forte a ideia de matá-lo, o que não pode ser bom; não posso, todavia, tolerar a humilhação a que fui submetido — *eu*, tratado como um *deles*! O que ele fez comigo não merece perdão: quem é ele, o que julga ser para agir como age? Faltam-lhe na boca vários dentes e não me espantaria se descobrisse que foram arrancados por socos; eu mesmo teria todo o prazer em fazer saltar mais alguns.

O Caveira...

***

Há um homem aqui, recente no hospício, que anda muito com os ex-militares — decerto é também um deles — e que não parece louco (ao menos, até agora não vi nele nenhuma demonstração de insanidade); suspeito que tenha cometido algum ato de violência, como todos os outros, e tenha sido trazido para cá por qualquer motivo. Esse homem, que não diz por nada o seu nome, talvez me tenha visto ser agredido pelo Caveira, ou me tenha ouvido dizer algo, embora eu tome todas as precauções para ser discreto — as malditas vozes! — ; o fato é que me procurou, aqui no quarto, pela manhã, sentou-se ao meu lado e falou comigo, aos sussurros; disse que sabia como eu poderia eliminar meu inimigo.

— Veja — falou, abrindo um saco que carrega de um lado para o outro — , aqui tem tudo de que precisa. Basta escolher e eu direi o preço.

Começou então a colocar sobre o meu colchão todo o tipo de coisas que servem como armas: tijolos, pedras, uns pedaços de metal afiados como lâminas, arames, até pedaços de pau cheios de pregos. Fiquei, obviamente, surpreso com a situação; deve ter pensado que eu não sabia como agir, porque me deu conselhos:

— Sabe o quê? Use isso aqui. — pegou o arame, bastante fino mas resistente, enlaçou nos dedos e o esticou, afastando as mãos — Podemos arranjar alguém que sirva como isca. Quando o Caveira vier falar com ele, você chega por trás e — nesse momento, encostou o arame em meu pescoço, sugerindo que eu devesse enforcá-lo; afastei-me, instintivamente. — Troco por isso aí — disse, apontando para uma pilha de jornais que estava ao meu lado.

E eis o que mais me espantou, o que até agora faz com que eu trema quando recordo: *eu fiz a troca* — embora não tenha a real intenção de matar o maldito Caveira, eu não sei por que diabos aceitei o negócio; o fino arame agora está escondido dentro do meu colchão, e temo que algum doido venha aqui, roube-o e faça qualquer besteira. Passarei a escondê-lo dentro das calças.

Assusta-me perceber que esses ex-militares, de fato, nada têm de doidos: são um bando de assassinos — sua mania é sentir cheiro de sangue, é ver por toda a parte inimigos imaginários, é dar demonstrações de poder para qualquer um: *eu mato quem eu quiser*, parecem sempre dizer seus olhos fúlgidos, sórdidos, mórbidos.

***

Os oficiais do Exército do Brasil dividem com Deus a onisciência, e com o Papa a infalibilidade.

04/01

L. B. tinha planos de escrever a **História da Escravidão Negra no Brasil**, tratando também de sua influência na nossa nacionalidade. Pergunto-me quanto material as passagens pelo hospício não lhe forneceriam. O pátio do Pinel, que lhe causou tamanho horror, decerto apareceria nas páginas do tratado, como uma imagem, uma alegoria, qualquer coisa desse tipo. O quadro: os doentes nus andando de um lado para o outro — corpos negros vagando ao acaso, chocando-se uns contra os outros, sem rumo e sem propósito... Não ilustra isso os efeitos da escravidão? Ontem, escravos; hoje, miseráveis, largados no mundo. Os negros que fizeram a unidade do Brasil!

***

Do livro de Rodrigues de Bastos:

"A imaginação é um dos mais ricos dons, que nós podíamos receber da natureza. A ela deve o artista as suas obras mais primorosas, o orador os seus mais patéticos movimentos, o poeta as suas melhores inspirações: mas é necessário estar sempre em guarda contra os seus excessos e contra os seus desvios; que podem perverter o entendimento, e substituir as realidades por quimeras, que nos levem de erro em erro, de loucura em loucura, até a nossa total ruína."

"Não há um só homem, mesmo entre os mais avisados, que não pagasse algum tributo à loucura."

30/12

L. B. sempre reclamava, dizendo estar sem dinheiro; apesar disso, nunca deixava de distribuir seu próprio dinheiro a quem lhe pedia e parecia necessitar — sobretudo no Campo de Sant'Ana, onde sempre apareciam mulheres pobres, que suplicavam ajuda; assim, lá se iam cem, duzentos, trezentos réis... ah, o que não nos custa a fé na humanidade! Ajudou a tantos; não soube ajudar a si mesmo. Que sirva de lição para mim.

11/01

Tamanha é a raiva que minha mão treme enquanto escrevo; mas relatarei tudo, para gravar de maneira definitiva como se deu a *traição*.

Eu estava no pátio quando o vi. Não tive dúvidas; era ele: conversava com alguns funcionários, perto das salas administrativas. Aproximei-me discretamente, para não levantar suspeitas; sabia que entraria para almoçar logo depois, e é sempre essa a melhor hora para estar a sós com ele. Assim, fiquei numa esquina próxima, cuidadosamente escondido atrás de algumas árvores. O J. L., um imbecil inofensivo, cismava de espiar-me; quase precisei gritar para que se afastasse — por sorte, não perceberam minha presença.

Depois de alguns minutos (trinta ou quarenta), finalmente deram por encerrado o parlatório. Como estavam distantes da porta, fui junto da parede, esgueirando-me, e consegui entrar na sala *antes* dele — de modo que, quando o Sant'Ana entrou, eu, que me escondera atrás da porta, fechei-a, trancando-me lá dentro: eu e ele. Olhou-me, com espanto; assegurei-lhe que não lhe faria qualquer mal — só desejava saber por que mentira para mim; por que me fizera dormir no colchão pulguento, entre os indigentes, em vez de levar-me ao encontro do doutor Juliano. Para o meu pasmo, ele me disse que — melhor: reproduzirei fielmente, de acordo com minhas lembranças, o palavrório do crápula.

— Não posso ter prometido nada do que você afirma.

Como não poderia? O primeiro impulso que me ocorreu, evidentemente, foi o de lançar-me ao seu pescoço — e talvez rachar-lhe o crânio para arrancar, lá de dentro, as promessas que agora o canalha ousava negar.

— Não se faça de desentendido! — eu disse, sem hesitação, fazendo um esforço hercúleo para não gritar. — Você prometeu, sim, ajudar-me a entrar aqui, e disse que me levaria para falar com o doutor Juliano.

— *Eu nunca fiz isso e nunca prometi nada!* — era impossível não perceber a dissimulação em seu rosto; desviava-se a falsa voz em meio às torpes mentiras. — Não sei por que você me persegue (ele *acusou-me* de *persegui-lo*!); saia daqui agora, antes que eu chame os guardas!

Procurei manter-me calmo, a despeito do sentimento de humilhação: tratava-me como um dos outros!

— Está bem. – eu disse, com a pouca tolerância que me restava. — Apenas me ajude a encontrar o doutor Juliano, para que eu possa conseguir a transferência.

Foi quando eu percebi a que ponto poderia chegar a mesquinhez do Sant'Ana; eis o que então me disse:

— O doutor Juliano Moreira está morto há mais de cinco anos.

Julgava, obviamente, que eu seria estúpido a ponto de acreditar nessa imbecilidade — O doutor Juliano, morto! — Eu sei que ele não está morto, eu disse, e dessa vez não pude conter os gritos:

— *Eu sei que ele não está morto e você não me convencerá do contrário.*

— Se você insiste nesse absurdo (*absurdo*, a palavra que usou), não há nada que eu possa fazer. Agora saia daqui ou terei que tomar providências — ele disse, olhando-me como se eu fosse um daqueles outros, como se eu não fosse quem sou:

— Não fale comigo como se eu fosse louco. Eu não sou louco, eu sou um escritor, ou vocês acham que os escritores são loucos? Foi por isso que vocês o internaram, não foi? Foi por isso que vocês o prenderam, que vocês o trancaram aqui dentro, não foi? Vocês o mataram, *vocês o mataram*, admita isso, admita que sua medicina é uma máquina de torturas, que *vocês o mataram* — e nesse momento, enquanto eu repetia essas mesmas palavras, levado por algum impulso que nascera em mim e que eu não mais podia conter, ele chamou os guardas, que vieram e me levaram, enquanto eu gritava, enquanto eu chamava pelo doutor Juliano — e quando eu acordei, mais tarde, já me tinham levado para o maldito quarto, onde acordei sozinho, sujo e humilhado, como se fosse um bicho, como se fosse um dos outros.

23/12

Rodrigues Alves: eleito presidente em 1918, faleceu por causa da gripe espanhola, antes de tomar posse. Delfim Moreira assumiu a presidência em seu lugar, mas consultava Rodrigues Alves em busca de conselhos.

Em 1919, internação de L. B.

Delfim Moreira foi presidente até 1920: renunciou acometido por loucura.

***

"Le fils d'un fou porte dans son organisation une chance notablement plus grande d'être pris d'aliénation mentale, dans les conditions ordinaires de la vie, que le fils de gens parfaitement raisonnables; ce fait d'expérience générale s'exprime en disant que le premier a une prédisposition héréditaire à la folie." — qual terá sido a reação de L. B. ao ler estas palavras, no livro de Maudsley? Talvez um calafrio lhe tenha percorrido todo o corpo, desde os fios do cabelo até a sola dos pés. Talvez uma imensa angústia lhe tenha nascido no peito, apertando-lhe o coração; talvez tenha chorado, cedendo àquela vontade de aniquilamento que tantas vezes reconheceu em si. O insuportável peso de duas palavras: "predisposição hereditária"!

01/01

"O que me fazem por aliviar-me, acirra a minha dor, e nos próprios remédios acho razão particular para me afligir." (usar n'**O cemitério**)

***

A história de Bitu, conforme a minha reconstituição: preto, escravizado, era dado à bebida; tão intenso era o seu vício que, por mais que fosse castigado de todas as maneiras possíveis, jamais se livrou da embriaguez. Quando se convenceu, finalmente, de que o caso não tinha solução, e que tentar pôr na linha aquele preto era perda de tempo, o "senhor" simplesmente o abandonou. Embora, segundo se afirma, morasse no Morro do Castelo, Bitu ficava perambulando pelas ruas da cidade, sempre vestindo as únicas peças de roupa que tinha: capotão verde, calção branco e chapéu de três bicos; estava sempre bêbado e levava consigo um bonequinho de madeira, que fazia dançar ao som de músicas que cantarolava. Esse peculiar espetáculo era muito popular, rendendo a Bitu algum dinheiro (que gastava todo em mais bebida). Lá pelos idos de 1811, um aguaceiro tremendo caiu durante toda uma semana, fazendo desabar parte do Morro do Castelo e causando a morte de muita gente. Como, depois dessa tragédia, Bitu nunca mais foi visto, disseminou-se a crença de que fora uma das vítimas da calamidade. A canção que ficou famosa mistura, na verdade, partes de duas cantigas: o começo alude à morte de Bitu, vítima do desmoronamento; o final é remanescente de uma cantiga da época em que ele era vivo, e que faz referência às surras que levava pelas ruas (não porque arranjasse confusão, já que era doido manso, bastante querido; mas porque, sendo preto e bêbado, sempre se deparava com gente disposta a espancá-lo):

"Água do monte o levou!
Não foi água, não foi nada,
foi cachaça que o matou!
Vem cá, Bitu!
Não vou lá,
não vou lá,
não vou lá,
tenho medo de apanhá!"

[SEM DATA]
"O Pecado":
Manter o desenrolar da história: São Pedro vai à repartição

celestial, encontra o guarda-livros, etc.; São Pedro lê a relação das almas e chega ao nome de P. L. C. Daí em diante:

"Leu São Pedro a relação: havia muitas almas, muitas mesmo, delas todas, à vista das explicações apensas, uma lhe assanhou o espanto e a estranheza. Leu novamente. Vinha assim: P. L. C., filho de..., neto de..., bisneto de... — Carregador, 48 anos. Casado. Casto. Honesto. Caridoso. Pobre de espírito. Ignaro. Bom como São Francisco de Assis. Virtuoso como São Bernardo e meigo como o próprio Cristo. É um justo.

Deveras, pensou o Santo Porteiro, é uma alma excepcional; com tão extraordinárias qualidades bem merecia assentar-se à direita do Eterno e lá ficar, *per saecula saeculorum*, gozando a glória perene de quem foi tantas vezes santo...

'E por que não ia'?, deu-lhe vontade de perguntar ao seráfico burocrata.

— Não sei — retrucou-lhe este. — Você sabe — acrescentou —, sou mandado...

— Veja bem nos assentamentos. Não vá ter você se enganado. Procure — retrucou por sua vez o velho pescador canonizado.

Acompanhado de dolorosos rangidos da mesa, o guarda-livros foi folheando o enorme *Registro* até encontrar a página própria, onde, com certo esforço, achou a linha adequada e com o dedo afinal apontou o assentamento e leu alto:

— P. L. C., filho de... neto de... bisneto de... — Carregador. 48 anos. Casado. Honesto. Caridoso. Leal. Pobre de espírito. Ignaro. Bom como São Francisco de Assis. Virtuoso como São Bernardo e meigo como o próprio Cristo. É um justo.

Depois com o dedo pela pauta horizontal e nas *Observações*, deparou qualquer coisa que o fez dizer de súbito:

— Esquecia-me... Houve engano. É! Foi bom você falar. Essa alma é a de um negro. Embora toda a vida tenha sido bom e justo, sofreu como se no inferno estivesse; e agora, para o inferno irá, como todos os de sua raça."

06/01

Anotações para **O cemitério**: (organizar, passar a limpo)

1) Pavilhão de observação (cobaias amontoadas: indigentes, mendigos, ladrões, alcoólicos, etc.)

2) Seções masculinas: Calmeil (pensionistas — onde ficou L. B.) e Pinel (indigentes — onde estou agora, antes de conseguir a transferência através do Sant'Ana)

3) Seções femininas: Morel e Esquirol

4) Epiléticos: Griesinger e Guislain

5) Crianças: Bourneville

6) Leprosos: Márcio Néry

***

Disputa entre os médicos para ficar na seção Esquirol (das mulheres): sua "curiosidade científica" parece voltar-se, de modo todo especial, para as doidas lúbricas. Nem o temor do contágio pode conter certos impulsos.

***

A seção Pinel é, sem dúvida, a pior parte do hospício, e não sei o que faria se tivesse que ficar aqui, ou seja, se não tivesse a certeza de que o doutor Juliano conseguirá a minha transferência para a seção de pensionistas. Tenho a nítida impressão de que aqui são jogados não apenas os doidos, mas todos aqueles que representam algum tipo de ameaça para o equilíbrio social: convivem aqui, lado a lado, os doentes mais inofensivos com ladrões da pior espécie — para não mencionar os assassinos, que estão por toda a parte. As brigas que levam à morte são mais comuns do que se suspeita; temo por minha segurança; faço o que posso para não ter envolvimento com nenhum tipo de conflito ou confusão.

***

Seção Calmeil: pensionistas, gente de família, assassinos ricos, protegidos dos poderosos; biblioteca, "doidos bons".

Seção Pinel: miseráveis, mendigos, ladrões, assassinos pobres; chegam jornais aos frangalhos, embora proibidos; escondo os meus pertences dentro do colchão, mas é preciso verificar todo o tempo se ninguém os roubou.

10/01

"Um dia, um menino, ou antes, um rapaz dos seus dezessete anos, chegou perto de mim e me perguntou:

— O senhor está aqui por causa de algum assassinato?

Estranhei a pergunta, que me encheu de espanto.

Respondi:

— Deus me livre! Estou aqui por causa de bebida — mais nada.

O meu interlocutor acudiu com toda a naturalidade:

— Pois eu estou. O meu advogado arranjou...

Não pôde concluir. O guarda chamou-o com aspereza:

— Narciso (ou outro nome), venha para cá. Já disse que não quero você perto da cerca."

***

Quando penso em quantos enlouquecem devido à vaidade, alegro-me por não padecer desse vício.

30/12

Continuar a tradução de Agassiz. Selecionar trechos. Enviar para o jornal, com meus comentários.

***

No caderno antigo: Osvaldo enganou-se — ou melhor, enganou-me — na cobrança:

700 + 500 + 1.200$000

Cobrou-me uns tantos mil-réis a mais porque fiz confusão com os números e ele tirou proveito disso. Quando sair daqui, cuidarei de tirar isso a limpo.

08/01

Hoje o dia amanheceu feio, coberto de cinzentas nuvens;

todo o céu está chapado, cor de chumbo; tudo parece terrivelmente pálido e patético — e não há sinais de chuva. Dormi mal: acordei com ratos rastejando entre as minhas pernas, assustado, e ainda me deparei com uma lamentável cena: o T. O., junto da parede, falava sozinho, batendo a cabeça contra a madeira. Minha cabeça doía, mas não disse nada para os enfermeiros: nunca se sabe o que são capazes de fazer.

Estive até há pouco sentado lá fora, rodeado por decadentes homens que vagavam como sonâmbulos — como sempre, dizendo disparates, xingando-se uns aos outros, etc. O que sou eu aqui dentro? Nada: mais um ser sem nome. Ninguém conhece os meus livros, ninguém sabe quem eu sou, o brilhante futuro que tenho pela frente. A maior provação para um talento, para um gênio da minha estirpe, é esta: ultrapassar o período que antecede à consagração, quando a glória ainda não existe e não podemos saber ao certo o que nos espera.

L. B. morreu sem ter o seu verdadeiro valor reconhecido; comigo, todavia, isso não acontecerá. Eu levarei, elevarei às alturas não só o meu nome, mas também o dele. Esteve aqui onde estou agora, há tão pouco tempo — em condição, evidentemente, melhor que a minha; contudo, sabia que seu fim estava próximo, e esse não é o meu caso.

O desânimo quase me imobiliza, mas não deixarei isso acontecer: pegarei meus antigos papéis, copiarei as anotações, consertarei meus romances. Tenho uma honrosa missão e não renunciarei a ela. L. B. foi grande; eu serei maior. *Preciso* superá-lo — disso depende o meu destino; não posso perder nem um só segundo.

***

Audaces fortuna juvat.

12/01

Tenho ainda raiva pelo que aconteceu ontem; deixaram-me, pelo menos, voltar para o dormitório, sair daquele quarto que mais parece uma masmorra; aqui, posso cuidar de minhas anotações. Tento esquecer o que aconteceu: a traição do Sant'Ana, o Caveira, principalmente o tal do Viriato. Já tinha ouvido falar sobre ele, mas nunca o tinha visto. É um enfermeiro muito forte, de compleição colossal, com aspecto de português, olhos redondos de um tom arroxeado; foi ele quem espancou, há algum tempo, um doente absolutamente inofensivo, jovem e muito magro, que fica quase todo o tempo calado — só ocasionalmente tem ataques: começa então a debater-se, afirmando que seu corpo está coberto por vermes invisíveis, e grita por sua mãe; o delírio, no entanto, vai-se espontaneamente como veio, e ele outra vez se pacifica. Pois, nesse dia, a alucinação irrompeu justamente quando ele passava perto do Viriato, no pátio, e este lhe meteu a mão no rosto com tanta força que arrancou alguns dentes do maluco, fazendo com que caísse desacordado. Há outras histórias que se contam sobre violências por ele cometidas; apesar disso, o animal continua por aqui, à solta, e dessa vez tive a oportunidade de encontrá-lo. Foi ele quem me conduziu até aqui, empurrando-me com brutalidade, chamando-me de vagabundo e dizendo que, por ele, eu continuaria lá, preso, por ter desrespeitado o Sant'Ana — como se não fosse eu o traído! — ;

para completar, ainda me ameaçou, dizendo que qualquer dia desses virá dar-me a lição que eu mereço. Não me deixei intimidar por ele, como não me deixo intimidar por ninguém; contudo, não respondi para evitar mais confusões. Os enfermeiros são todos uns covardes — e esse Viriato parece ser o pior de todos.

***

Comparação entre os meus romances e os de L. B., pelo tempo de composição:

Policarpo: L. B., 2 meses; eu, 3 semanas e meia.
Numa: L. B., 25 dias; eu, 10 dias.
Isaías: 2 meses; eu, 2 semanas.
Jamais me limito a escrever: também corrijo e melhoro.

22/01

Hoje o céu estava claro, azul e límpido; olhando-o, senti uma súbita e intensa ânsia de libertação que imediatamente me arrebatou — tentei alcançar as nuvens, encontrar as letras, a libertação — e logo me vi cercado pelos doidos, que estendiam para o céu as mãos; senti vergonha, tive medo de ser confundido com eles; corri. Ah, visão de beleza, a beleza que desconheço desde que vim parar nesse inferno — os malditos polícias que me trouxeram para cá, que me prenderam aqui: neste lugar de pesadelos, de miséria, de intermináveis delírios.

***

O desalento e o desespero induzem à bebedeira; uma bebedeira puxa a outra, e vem a melancolia; abre-se o abismo. Não um círculo, mas uma espiral, que avança para o fundo — aberta no solo a fenda; e onde isso vai parar? Haverá um fim para a queda, é possível chegar ainda mais baixo? O que haverá para além do inferno? *Se o inferno foi criado pelos homens...* as consequências de ser o que sou: um visionário; de seguir minhas aptidões, minhas qualidades, meus grandes e poderosos defeitos; de ter feito tudo o que fiz em tempos de morte, de carnificina.

02/01

Parece-me que a loucura tem diversos níveis de contágio. O contágio profundo é, evidentemente, o que faz com que a loucura passe de um indivíduo para o outro, em sua totalidade; é o que ocorre com os guardas que, após viverem por muito tempo no hospício, também se tornam loucos. Há, no entanto, um contágio mais superficial: é aquele que faz com que passem de um indivíduo para o outro apenas certos gestos, certas manias — piscar um olho, fazer caretas, meneios, etc. Isso é muito mais comum do que pode parecer a princípio, e por aqui se vê todo o tempo. Mesmo eu preciso tomar cuidado com essas coisas.

Percebe-se que, com muitos guardas e enfermeiros, o que ocorre é que começam a fazer determinado gesto para zombar de um doido e, sem que percebam, esse gesto passa a fazer parte de seu corpo. Eis a ironia: ficam iguais àquilo de que faziam troça.

O escárnio leva à imitação.

***

L. B.: Silvestre: feio, desengonçado, escanifrado, mas se tinha na conta de namorador; certa vez julgou que ficava muito elegante se calçasse luvas; calçou umas de tecido de meia, brancas, sapatos brancos, e correu as ruas dos subúrbios debaixo de vaias e chufas.

***

O caso dos doidos que imitam bichos, fazem vozes estranhas, etc. Origem comum das manias (?)

[SEM DATA]

Trêmula a minha mão, ainda, quando escrevo, porque não é possível, simplesmente não é possível, o que ele me disse — que esteve aqui uma mulher, que desejava falar comigo: uma mulher velha, muito preta, de pele azeitonada, ralos cabelos brancos, que perguntou pelo meu nome, *mas como poderia ser ela?*, e precisava muito encontrar-me; e eu lá fui, antes caminhando, depois correndo, porque precisava encontrá-la, e de repente tropecei, e dei de cara no chão, tonto me levantei e o vi, o Grandão, que ria, ele que havia me empurrado, e posto o pé diante de mim, e isso pouco me importava, porque eu precisava muito encontrá-la, *mas como poderia ser ela?*, e segui em meio aos gritos, que talvez fossem os meus próprios gritos, o mundo que girava ao redor, o chão que sumia sob os meus pés, e quando lá cheguei não a vi, mas disseram que ela estava aqui, uma mulher velha, muito preta, de pele azeitonada, ela perguntou por mim, os risos e os gritos, *mas como poderia ser ela?*, mas por que ele me disse isso, e como ele poderia saber...?

24/01
Passei todo o dia procurando meu manuscrito — em vão. Sequer conservo a certeza de que foi levado pelo Gato: há tantos loucos aqui aficionados por jornais e papéis velhos que qualquer um pode estar com ele, se é que já não foi inteiramente destruído. Um mês de árduo trabalho perdido, em vão, por causa desses idiotas — uma obra-prima inteiramente destruída! Nem mesmo dos doidos que costumam portar-se como delatores consegui algo útil: disse-me um deles que o manuscrito estava com o R.; fui atrás dele, convenci-o a mostrar-me os seus papéis — na verdade, aceitou fazê-lo em troca de um cigarro — e eis que não passavam de pedaços de jornais cobertos de garatujas e desenhos pornográficos. Para esses doidos, os papéis são todos a mesma coisa: poucos deles são capazes de ler, e mesmo os que leem não conseguem apreender sentido nenhum. Por isso, alguns decoram frases e palavras que repetem pelos corredores — velhas notas e manchetes que frequentemente mesclam, a seu bel-prazer, com palavrões e nomes inexistentes.

Minha inacabada obra-prima tem o mesmo valor que um pedaço de jornal amarelado.

[SEM DATA]
Leituras de L. B: Nietzsche (**Zarat., L'Orig. de la Trag.**), Pascal, etc.: relação com sua loucura? Questão: a *joie de vivre*.

Talvez toda a alegria de viver seja loucura — quando não nasce de uma forma qualquer de sofrimento.

***

Tudo, na verdade, resume-se à busca por algo *novo*. Quem, além de mim, ousa ir além da razão, de todo o já estabelecido, em busca de uma nova experiência — e mais: tem a coragem para registrá-la *tal e qual*?
Toda a Literatura que não trata do novo é mentirosa.

***

A sinceridade está em enxergar as coisas como realmente são e passá-las para o papel de forma verdadeira, sem floreios ou fingimentos. Por isso, aqui não há mentira nenhuma — a não ser aquela que os olhos de quem lê querem enxergar.
Cabe a quem lê fazer das coisas a realidade, ver que há ali um *mundo*.
Na verdade, há muito pouco de racional na verdadeira Literatura. O desejo de racionalizá-la: isso, sim, pode levar um homem à loucura.

23/01

Só me lembro de ter lutado ferozmente contra alguns enfermeiros, entre os quais o Viriato, que foi quem me golpeou na cabeça e assim me fez desfalecer. Pela primeira vez acordei na cela forte, amarrado e atordoado, banhado pela minha própria saliva — como um desses que por aí deliram, como um bicho, como um louco: uma estreita réstia de luz rasgava o ar, ferindo-me o olfato — o fétido cheiro de urina e poeira.

Lembro-me pouco do que ocorreu antes. Estava no pátio, fumando um cigarro — aliás, meu último — quando ouvi a benevolente voz que me chamava à administração: aguardava-me — finalmente! — a autorização para a saída, devidamente preparada pelo doutor Juliano: não morrera, é claro, como poderia ter morrido? *Eu sei que ele está vivo.* E foi isso o que tentei explicar aos funcionários: que tinha recebido o aviso, que os papéis estavam lá, que eu finalmente poderia deixar o hospício — eu, que não sou louco e jamais o fui, que estou aqui apenas por uma missão artística que, no entanto, já posso dar por finalizada. Eles, contudo, impediram-me, ameaçaram-me; e recordo muito bem que um deles, creio que um guarda, ainda ousou dizer:

— Cale a boca, crioulo maluco, a não ser que você prefira ser calado à força.

Já tomado pela exaustão física e espiritual, dominado pelo cansaço e pelo desespero, senti aquelas palavras atingindo-me como o pior dos insultos: eu, que sou um escritor — *o maior dos escritores brasileiros*; eu, que estou assim predestinado, que tenho meu talento ignorado e massacrado nesta prisão para dementes, neste imundo recinto que reduz os homens a meras bestas!

— Você sabe com quem está falando?

— Com um negro fedorento — disse, aos risos — , doido e vagabundo como todos os outros.

Podia ainda calar a raiva, verter meu ódio em argumentos:

— Apenas me deixe pegar os papéis.

Empurraram-me, quando tentei avançar; depois me seguraram — então, não mais pude conter-me: investi contra um dos guardas, o que continuava a rir de mim — e foi nesse momento que ele, o Viriato, veio em minha direção, *e eu sabia que me golpearia,* mas ainda tive forças para gritar pelo doutor Juliano, o que fiz em vão. O primeiro golpe me deixou cambaleante; o segundo me atingiu a cabeça, e houve ainda um terceiro; e depois, depois acordei, pela primeira vez acordei na cela forte, amarrado e atordoado, banhado pela minha própria saliva — como um desses que por aí deliram, como um bicho, como um louco: uma estreita réstia de luz rasgava o ar, ferindo-me o olfato — o fétido cheiro de urina e poeira.

[SEM DATA]

Naquele mesmo dia claro de sol, em meio à alegria geral, enquanto a multidão ansiosa tinha o olhar preso às janelas do velho casarão, e recebia com palmas, vivas e acenos com lenço aquela princesa loura, muito loura, maternal, com um olhar doce e apiedado, Clara era deflorada pelo contumaz patife.

02/01

A maioria dos funcionários — principalmente os guardas e os enfermeiros —, provavelmente pelas péssimas condições em que são obrigados a exercer seu ofício, trabalha com visível má vontade; isso faz com que sejam tomados por uma mistura de raiva e frustração — talvez venha daí a profunda crueldade com que tratam os doentes. Falam muito sobre um tal de Viriato, que ainda não vi — mas que, segundo mencionam, seria o pior de todos. Há uns poucos, no entanto, que conservam alguma bondade: há um em especial, um velho preto cujo nome ainda não conheço, que trata todos com muita docilidade. Certa vez, veio falar comigo; perguntou como eu estava, etc.; senti-me tão bem com isso que por pouco não lhe revelei tudo; todavia, achei melhor esperar a oportunidade para conversar com o doutor Juliano, quando poderei, inclusive, elogiar esse senhor. Vejo-o pouco, no entanto, e por isso julgo que deve permanecer a maior parte do tempo em alguma outra seção. Além dele, há alguns outros (pouquíssimos) que tratam os doidos com certa paciência, coisa raríssima neste lugar.

    Eu mesmo sou muito intolerante com eles, mas tenho meus muitos motivos: não ocupando qualquer posição de autoridade, sou obrigado a conviver diretamente com os loucos: perseguem-me, falam tolices, reclamam de tudo. Pior é a mania de pedir coisas e roubar objetos. É preciso vigiar o colchão, proteger meus papéis e posses: embora o que é furtado comumente retorne ao dono — não faltam delatores —, os doidos destroem tudo com uma facilidade extraordinária. Se meus papéis sumissem, certamente seriam feitos em pedaços antes mesmo de eu notar a perda.

13/01

    Por causa do Sant'Ana (o traiçoeiro!), não tenho acesso à biblioteca que L. B. frequentou: estou preso na maldita seção Pinel — que se assemelha mais a uma prisão para loucos do que a algo destinado a curá-los. Aqui, tudo o que tenho são meus próprios (poucos) livros, os que Damasceno me ajudou a contrabandear aqui para dentro. Fora isso, há os jornais, que têm chegado quase sempre com vários dias de atraso — o que os torna, naturalmente, inúteis.

Menos mal que tenho aqui exemplares dos **Policarpos**: há leitura mais inspiradora? O idealismo do major nada tem de caricatura: é o necessário. Eis a equação fundamental para a vida de qualquer homem:

ideal = valor = destino

O que me traria até aqui, senão minha inabalável determinação? Tenho os olhos voltados para a glória, e isso é o que me motiva e me direciona. O que me recorda que L. B. foi batizado na Igreja do Outeiro: quem sabe, tendo os recursos necessários, eu não possa comprar uma casa por aqueles lados, com vista para a bela edificação onde nosso maior gênio recebeu seu nome? Homem nenhum pode viver sem uma força que o leve para a frente, sem um sonho, sem um capital desejo; ao menos nenhum homem elevado, de minha estirpe. Glória almejada — ah, meu destino!

09/01

L. B. tentou orientar-se por Maudsley (**Le crime et la folie**) para fugir ao seu trágico destino; foi precisamente um alienista, amigo de sua família — que eu aliás conheço, embora não pessoalmente: dediquei alguns meses de minha vida a perscrutar também esse aspecto da existência de L. B. e, como sempre, fui bem-sucedido — quem lhe deu o livro de presente, esperançoso de que assim a loucura pudesse ser evitada; o que é, na verdade, mais uma demonstração da típica tolice de nossos médicos. O decálogo que L. B. tentou escrever para si mesmo, com o propósito de desviar-se dessa sina, sequer foi concluído: não chegou a anotar o seu terceiro princípio e, não por acaso, não pôde cumprir o segundo, para ele decerto o mais importante: "não beber excesso de coisa alguma" — leia-se, é claro: "coisa alguma alcoólica". Tenho para mim que o terceiro preceito, aquele que permaneceu inconcluso, traria o passo determinante; tenho para mim que aquela letra e aqueles pontos ("E..."), em sua brevidade, simbolizam a inabalável certeza do fracasso; tenho para mim que, quando L. B. colocou no papel aquele último ponto, sentiu-se como quem põe o pé no patíbulo que ostenta a forca.

Mas volto a tratar do alienista, amigo da família de L. B.. Penso que a ingenuidade desse médico é a mesma de todos os outros: o enorme erro de crer que os homens podem mudar a sua natureza. Ora, L. B. não chegou a escrever o terceiro mandamento porque seu corpo conhecia o absurdo em que consistia o segundo, embora sua vontade afirmasse o contrário; em outras palavras: a necessidade de álcool estava presente em sua carne, em seu sangue, em sua mente — e, acima de tudo, em sua vontade imaginativa: era a força criadora por trás de seus livros.

Nisso, em si, não há grandes problemas: comigo nunca foi diferente; o parati sempre fez parte de minha vida. Em L. B., contudo, mesclaram-se o álcool, as preocupações familiares e a tendência hereditária. O irônico em relação a isso é que justamente aquilo que lhe deu o talento literário, arruinou-lhe a razão; caso inverso ao meu, o que talvez explique meu superior gênio. Ninguém se aproximou tanto da genialidade quanto L. B.; por isso, foi maior a sua tragédia. Quanto a mim, comove-me saber que fui eu o escolhido para missão ainda superior; não obstante, sendo essa a minha natureza, não tenho outra opção: cabe-me cumprir o que me reservou o destino.

[SEM DATA]

Como pode o povo julgar que a loucura resulta da inteligência e de muito estudo? F. P., que passava todo o tempo batucando no piano coisas estúpidas. Dizia-se descendente de um revolucionário pernambucano, em sexta geração, e que foi fuzilado. Um louco formidável, que perambulava com jornais embaixo do braço, afetando erudição; e que tinha sempre, ao seu lado, o guarda particular que, em troca de sessenta mil-réis, suportava as piores humilhações. Sua obsessão: falar mal da família, até morrer. Do que mais se jactava: ser "branco de primeira ordem". Ah, os delírios da raça!

***

Um caso notável que ocorreu no Pavilhão de Observação; preciso conseguir mais informações. O que sei, até agora: dois operários, jovens, estavam na mesma cela. Certa manhã, um enfermeiro encontrou um deles caído no chão, morto; o outro estava ao lado, de cócoras, numa atitude fúnebre. Chamaram o doutor Henrique Roxo, que interrogou o sobrevivente; este confessou que matara o outro, usando sua própria camisa. O que se diz: que o morto já tinha ideias suicidas; o outro apenas o ajudou.

14/01

Hoje tive a confirmação da mentira do Sant'Ana: *eu vi* o doutor Juliano aqui no hospício! Vi-o através de algumas janelas do prédio central; não tenho dúvidas de que era ele — o rosto escuro, o olhar bondoso, os modos afáveis... como eu me confundiria?

E tenho certeza de que também fui visto por ele, pois me acenou discretamente, e li em seus lábios que dizia meu nome. Não entendo por que Sant'Ana não quer me ajudar, ele que tanto ajudou L. B.: não percebe que somos gêmeos, no talento e no destino? Se eu pudesse falar com o doutor Juliano, ele certamente reconheceria o parentesco — e agiria comigo da mesma forma, do mesmo modo cordial como agiu com L. B.; e falaria paternalmente, com grande ternura, sem admoestações — e, com o devido respeito, trataria de chamar-me à sua sala, e pediria que eu me sentasse à mesa, à sua frente, na sala clara e ensolarada:

— Onde você quer ficar, meu caro?

— Na seção Calmeil.

— Sua escolha é prova de lucidez. Quando quiser deixar este lugar, apenas me avise: cuidarei do necessário para que possa sair imediatamente.

— Não sairei até que cumpra meu nobre destino.

Ele sorri, estende a mão e nós nos cumprimentamos: ele *sabe*, ele *reconhece* em mim a genialidade que os outros não veem ou insistem em ignorar. E quando eu falo sobre o Sant'Ana, sobre a mentira, o doutor Juliano ri — ainda bondosamente:

— É um homem velho, que há muito tempo convive com toda a sorte de delírios. Não se preocupe: tomarei as devidas providências.

Sentado na cadeira, diante do doutor Juliano, espero a chegada do Sant'Ana. Depois de alguns minutos, finalmente entra na sala, a passos esquivos, o olhar oscilante entre os objetos; permanece parado junto à porta, a cabeça baixa, os braços cruzados. Ouve calado as severas e graves palavras do doutor Juliano, que o admoesta por não ter compreendido quem eu sou, meu verdadeiro objetivo, meus elevados e nobres propósitos. Quando o doutor finalmente lhe pede que se desculpe, eu percebo que não era, no fundo, um mau sujeito: dirige-se a mim com respeito e consideração; reconhece o seu erro e se mostra sinceramente impressionado por minha missão.

— Asseguro que, de hoje em diante, estarei ao seu dispor para tudo de que necessitar.

Cumprimenta-me. O doutor Juliano, a seguir, chama-o e dá as ordens de transferir-me para a seção Calmeil; em breve, lá estou eu.

***

Quando o vi através das janelas, resisti ao impulso de chamá-lo e corri atrás do Sant'Ana; não estava, no entanto, com os outros enfermeiros, e não permitiram que eu o procurasse no interior do prédio. Na porta de entrada, perguntaram o que eu queria com ele; embora eu soubesse que deveria permanecer calado, já que os enfermeiros que aqui trabalham são um bando de ignorantes, afligiu-me a possibilidade de não ter outra vez a chance de falar com o doutor Juliano.

— Eu preciso falar com o doutor Juliano Moreira, que está naquele prédio.

— O doutor Juliano? — disse um deles, mal contendo o riso. — Está onde?

— Naquele prédio. Acabei de vê-lo, naquelas janelas. Ele passou ali e acenou para mim.

— O doutor Juliano acenou para você? — não havia apenas um, mas vários que se entreolhavam, compartilhando o deboche:

humilhavam-me; tratavam-me como um dos alienados. Controlei a raiva que sentia diante daquela chacota: mantive-me sério e circunspecto.

— Deixem-me falar com ele. Vocês estão pensando que eu sou louco, mas eu não sou. Sou um escritor, estou aqui para escrever um livro. Vocês ainda ouvirão falar de mim — enquanto eu falava, eles riam abertamente; eu já começava a desesperar-me e a arrepender-me de tudo aquilo —, mas agora vocês precisam me ajudar.

— Você quer mesmo falar com o doutor Juliano? — perguntou um deles; julguei que estava sendo honesto.

— Sim. Ajude-me.

— Pois vá ao cemitério — ele disse, com escárnio, e então todos explodiram em gargalhadas; e alguns doidos que passavam por ali também começaram a rir, e eu me vi no centro de um círculo onde todos riam de mim, loucos e enfermeiros, e tão grande foi a minha humilhação que me senti prestes a chorar. Numa derradeira tentativa de falar com o doutor Juliano — eu sei que ele não está morto, *ele não pode estar morto* —, ameacei correr para dentro do prédio, mas eles me seguraram; e, como sabia que me amarrariam se eu continuasse a lutar, calei minha fúria, abaixei a cabeça como fazem os dóceis doidos e me afastei dali, contendo as lágrimas e remoendo a humilhação — não sem antes dar uma outra olhada para as janelas, onde o doutor Juliano não estava mais.

08/01
Policarpo:
"Lima Barros" tinha ido a pique, durante a guerra do Paraguai.

"Lima Barros" – L. B.: não é coincidência. Descobrir o sentido velado.

L. B., Louco Bitu?

***

Somente os sedutores conseguem falar à vontade perto das mulheres sem dizer asneiras, por conta de seus propósitos. Eu, que não sou sedutor nem psicopata, tive de aprender a ficar em silêncio.

18/01

Não direi que não me incomodam os barulhos e os ruídos que se prolongam por todo o dia; não direi que não me perturbam os gritos que irrompem nos momentos mais inesperados; não direi que não me perturbam as vozes que preenchem o ar melancolicamente, verbalizando delírios, proferindo desatinos e obscenidades. Mas todo este tempo no hospício me ensinou a recear, sobretudo, o silêncio: o modo como muitos doidos aparentemente se perderam em seu precipício íntimo, a tal ponto que sua voz não mais encontrou meios de alcançar a superfície; ficou presa às profundezas, restrita a algum recôndito insondável, dando voltas e mais voltas ao redor da insanidade — de modo que nenhuma das centenas de milhares das palavras de nossa língua pode conferir qualquer sentido ao que se passa em seu âmago. Isso me leva a considerar duas possibilidades: ou que a loucura, em algumas de suas formas, produz um colapso da linguagem, erodindo-a por dentro, arruinando-a por completo (exceto nos raros momentos em que alguns desses desgraçados rompe o mutismo, pronunciando não mais de algumas palavras, fortuitas ou fragmentárias, sem que disso emerja qualquer coisa sensata); ou que a loucura reinventa a linguagem em outras partes do corpo, por entre as fibras dos músculos — de onde os espasmos, os tiques, desde o esgarçar da face aos movimentos repetitivos das mãos ou dos dedos. O verdadeiro horror está no que a loucura tem de indizível, de intraduzível, de impronunciável.

***

Revi o enorme gato, novamente escondido sob a cama. Os outros continuam indiferentes — inclusive, os funcionários.

23/12

Do livro de Agassiz:

"Cependant les nègres continuaient leur danse aux clartés d'un grand feu. De temps en temps, quand leur excitation atteignait au plus haut degré, ils attisaient le foyer qui projetait d'étranges et vives clartés sur leur groupe sauvage. On ne peut voir ces corps robustes à demi nus, ces faces inintelligentes, sans s'adresser une question, la même qu'on se fait inévitablement toutes les fois qu'on se trouve en présence de la race noire: "Que feront ces gens du don précieux de la liberté?"

La seule maniere de couper court aux perplexités qui vous assaillent alors, c'est de songer aux effets du contact des nègres avec les blancs. Qu'on pense ce qu'on voudra des noirs et de l'esclavage, leur pernicieuse influence sur les maîtres ne peut faire doute pour personne."

Tradução (a revisar):

"E os negros continuavam sua dança, à claridade duma grande fogueira. De tempos em tempos, quando sua excitação atingia o mais alto grau, eles atiçavam o fogo que projetava estranhos e vivos clarões sobre o grupo selvagem. Não se pode observar esses corpos robustos, meio despidos, essas fisionomias desprovidas de inteligência, sem se formular uma pergunta, a mesma que se faz inevitavelmente todas as vezes que alguém se encontra em presença da raça negra: "Que farão essas gentes do dom precioso da liberdade?"

A única maneira de pôr termo às perplexidades que então nos invadem é refletir sobre os efeitos do contato dos negros com os brancos. Pode-se pensar o que se quiser sobre os negros e a escravidão, sua perniciosa influência sobre os senhores não pode deixar dúvidas em ninguém."

Preparar o comentário.

10/01

Hoje estive muito deprimido com a situação em que me encontro, principalmente pelo desaparecimento do Sant'Ana. Eis que, enquanto fazia anotações numa página de jornal — o esboço para um artigo que mandarei publicar, comentando alguns dos disparatados acontecimentos que recentemente têm tido lugar nesta cidade —, o que em geral é uma tarefa muito difícil, visto que os loucos vêm atazanar, querendo rabiscar os jornais, roubar-me o lápis, etc. —, eis que um enfermeiro de ar bondoso se aproximou e ficou a observar-me; depois, perguntou o que eu estava fazendo. Diante da lucidez de minha resposta, impressionou-se e quis saber por que eu estou aqui dentro, já que não pareço louco. Meu estado de ânimo é tal que estava prestes a revelar a verdade; de fato, comecei a fazê-lo:

— Eu não sou louco. Eu ...

Ele, no entanto, interrompeu-me:

— Se o médico disse que você é louco, é porque você é.

Como discordar? Aqui — como em todos os lugares —, a verdade pertence unicamente a quem tem um diploma: são eles os doutores do saber, os legítimos conhecedores do mundo. A nós, reles ignorantes, cabe apenas ouvir e obedecer. Ah, as escoras sabichonas!

Vi outras vezes esse enfermeiro; conversa comigo amistosamente, mas vejo que me trata com a mesma condescendência que tem para com os loucos. Aqui dentro, parece que a palavra dos médicos é uma sentença irrevogável.

***

Nada consegui ler, nem escrever, por conta do gato, que hoje reapareceu aqui. Na semana passada, eu já o vira, escondido sob a cama: um gato enorme e repelente; consegui espantá-lo antes que alcançasse os meus papéis, que decerto destruiria. Achei que não mais voltaria; contudo, para meu espanto, o bicho voltou; e absolutamente ninguém se preocupa com a presença dele por aqui, o que mais me exaspera.

25/01

Percebi, com imensa melancolia, que já estou aqui há um mês — e me sinto, mais do que nunca, perdido, sem qualquer perspectiva, sem vislumbrar qualquer possibilidade de sair deste inferno. Meus planos todos deram errado; roubaram-me o manuscrito d'**O cemitério**; todos parecem ter certeza de que eu sou louco, somente eu insisto em dizer o contrário — e apenas para mim mesmo, já que aqui não tenho nenhum interlocutor.

Ontem, depois de tomar um copo do parati que o J. G. conseguiu, tive uma violenta crise de choro, algo que nunca aconteceu na minha vida. Estou esgotado, física e emocionalmente; e, pela primeira vez, tive a sensação, intensa e autêntica, de que sou – custa-me escrever esta palavra — de que sou apenas mais um fracassado. Um fracassado.

Minhas aspirações sempre foram as mais nobres; nunca fiz mal a ninguém. Meu desejo sempre foi apenas este: ter o meu valor reconhecido; ousei, por conseguinte, investir todo o meu dinheiro, *tudo* o que me havia legado meu pai, e por isso acabei à beira da miséria; ainda assim, lancei-me ao maior e mais importante desafio de minha vida: fazer-me internar neste hospício, a fim de escrever a minha obra derradeira, a obra que o próprio L. B. não conseguiu escrever. E agora, a que estou reduzido? Vago entre os outros como uma sombra: aos olhos de todos, sou apenas um louco — *mais um* louco, tão estúpido quanto aqueles que aqui ficam a fazer e a dizer disparates. Eu mesmo tive ontem essa visão: vi-me numa poça d'água que havia no pátio, o meu reflexo naquele tosco espelho — minha imagem: tão mais magro, macilento, amortecido pela miséria e pelos sofrimentos em que estou mergulhado. Tenho tido, cada vez com mais frequência, pensamentos de suicídio: seria um gesto à altura do meu atual desespero. O que mais me angustia é a certeza de que estou — eu e tudo o que escrevi — condenado ao esquecimento:

tudo aquilo a que dediquei toda a vida ficará perdido nesta casa de loucos: pegarão meus papéis, rasgarão meus manuscritos, rabiscarão todas as palavras, como decerto já estão fazendo com o meu **Cemitério**. Aqui neste cadafalso, meu fim será mais triste que o do próprio Policarpo.

20/01

Digo com franqueza, cem anos que viva eu, ou mil anos, nunca poderão apagar-me da memória as humilhações que sofro e que sofri. Não por elas mesmas, que de fato pouco valem; mas pela convicção que me trouxeram de que esta vida não vale nada, todas as posições falham e todas as precauções para um grande futuro são vãs.

Eu tinha tudo, ou tenho tudo, para não sofrê-las, tanto mais que não as provoquei. Sou instruído, sou educado, sou honesto, tenho procurado o mais possível ter uma vida pura, mesmo aqui dentro, mesmo no inferno. Parecia que sendo assim, que — sendo eu um rapaz que, antes dos dezesseis anos, estava numa escola superior (que todos me gabavam a inteligência, e mesmo até agora ninguém nega) — estivesse a coberto de tudo isso. Mas eu e a sorte, a sorte e eu nos juntamos de tal sorte, e nos irmanamos, que vim a passar por transes desses…

Desde a minha entrada na Escola Politécnica que venho caindo de sonho em sonho e, agora que estou com quase quarenta anos, embora a glória me tenha dado beijos furtivos, eu sinto que a vida não tem mais sabor para mim, se é que ainda sei o que é vida. Não quero, entretanto, morrer; queria outra vida, queria esquecer a que vivi, mesmo talvez com perda de certas boas qualidades que tenho, mas queria que ela fosse plácida, serena, medíocre e pacífica, como a de todos. Por que sou incapaz de me contentar com a *aurea mediocritas*?

Penso assim, às vezes, mas, em outras, queria matar em mim todo o desejo, aniquilar aos poucos a minha vida e sumir-me no todo universal. Esta passagem várias vezes no hospício e outros hospitais... deu-me não sei que dolorosa angústia de viver que me parece ser sem remédio a minha dor.

Vejo a vida torva e sem saída.

[SEM DATA]

Do lugar onde estou, não tenho a mesma visão que L. B. tinha quando aqui esteve internado — naturalmente, invejo-o por isso; ainda assim, tenho o consolo de poder imaginar as paisagens, torná-las concretas no papel. Fiz muitas anotações desse tipo; joguei-as, quase todas, fora: quando as releio, causam-me grande melancolia. A escrita me traz a liberdade; a leitura, por outro lado, aprisiona-me. Hoje, contudo, veio-me ao papel — os cantos de uma folha de jornal — uma descrição tão límpida e concreta que resolvi transcrevê-la:

"Um dia claro: o céu de um vasto e basto azul, onde poucas e frágeis nuvens, franjas finas e suaves, vagam. Ao longe, a baía de Botafogo resplende; as brancas cristas das ondas tingem o mar, de quando em quando; gaivotas voam e pousam, livres, na areia da praia. O horizonte é entrecortado pelas montanhas de Niterói — vejo nítido o casario que, colorido, aviva o espaço.

Vejo também Copacabana, a estranha e velha Copacabana, onde posso divisar a alta torre do palacete dos Smith de Vasconcelos, com sua estranha mescla de formas antigas e modernas, o que curiosamente me leva a pensar em minha própria situação, estando eu encarcerado nesta espécie de masmorra medieval. O hospício, a decadência deste ambiente faz com que eu repense as minhas próprias percepções: tantas belezas que eu antes não via, ou que até me irritavam, parecem-me agora inspiradoras, certamente porque me trazem ao pensamento a liberdade perdida.

Aquele navio que, vagarosamente, singra o mar em direção ao oceano, por exemplo, faz-me lembrar os tempos em que eu, ainda inconsciente de minha missão, saía para vagar pelas ruas, sem rota, sem rumo: caminhava apenas por caminhar; conversava com os colegas e conhecidos; por vezes, terminava a noite adormecido no colo de algum companheiro ou nos braços de uma mulher qualquer. Apenas agora vejo que essa inconsequência jamais foi gratuita: havia, decerto, um sentido — o gozo da própria liberdade em sua ausência de deveres e obrigações. Se agora sigo rumo à glória, o que para tanto sacrifiquei não foi pouco; a história, contudo, sem dúvida fará justiça aos meus esforços."

16/01

Todos os dias tento encontrar-me com algum dos alienistas, sempre em vão: só eles — que nunca são vistos: permanecem, como estátuas sagradas, encerrados em seus suntuosos templos — podem tirar-me daqui; mas só os doidos das castas mais elevadas têm o privilégio de encontrá-los: como em todos os lugares, riqueza e poder andam lado a lado. Quanto a mim e aos outros indigentes, o que nos resta? A indiferença, o esquecimento. Só fui examinado quando entrei no hospício — o que, aparentemente, foi o bastante para que eu fosse condenado a permanecer aqui por um tempo indeterminado, junto dos doidos e dos vagabundos que vagam e sobrevivem, trôpegos, sempre entregues ao delírio, ao sonho, ao ócio.

13/01

Finalmente, um alento — algo que me serve como um bálsamo nesta masmorra: movido pelo completo desamparo que aqui me domina, arrastado pela raiva e pela frustração que em mim se mesclam, numa espécie de furor, cobrindo com nuvens a razão que me resta — comprei, por um preço absurdo, na verdade todo o dinheiro que me restava, que eu tinha trazido para cá — que o Damasceno ocultara entre os pertences que conseguiu contrabandear aqui para dentro; o Damasceno que, aliás, desapareceu, que agora tenho certeza: faz parte desse complô que aqui me encarcerou, apenas para poder tê-la para si sem enfrentar-me por perto: minha mulher, a única que podia ter feito viver comigo e eu não compreendera! —, dei tudo o que me restava em troca de duas garrafas de parati; e agora, mesmo que algum dia consiga sair daqui, sequer sei o que farei, já que aquele era meu último dinheiro, o suficiente para viver alguns dias lá fora sem precisar mendigar... a que estou reduzido, *a que a Literatura me reduziu?* Salvou-me da loucura, e em troca exigiu tudo o que eu tinha. Todas as dívidas, tudo o que vendi para poder publicar os livros que nunca foram lidos —, inclusive a minha dignidade. Ah! A Literatura ou me mata ou ...

Fiz um rasgo maior no colchão para esconder dentro dele as garrafas; preciso ficar no dormitório e comportar-me como um dos inúmeros paranoicos que se esgueiram por estes corredores. Preciso beber, mas não posso permitir que os doidos sequer sintam o cheiro do álcool — alertou-me o Brás, o mercenário guarda que me vendeu estes tesouros, que custaram de fato o preço de tesouros, que já houve mortes aqui por isso, pois mais de um doido está disposto a matar por uma garrafa de parati: se sentirem o doce perfume do álcool, avançarão sobre mim como cães ferozes e famintos, os dentes arreganhados, a espuma a escorrer pelos cantos da boca, branca e fervente, e num instante estarei reduzido a retalhos de carne, a poças de sangue espalhadas pelo chão, a um cadáver imundo — o que já sou por dentro.

[SEM DATA]

O desespero de L. B. a respeito de tendências hereditárias: quanto o assombrava a sorte de trazer, no espírito, as sementes da neurastenia paterna! Penso no horror com que contemplava o pai, dia após dia, imerso na insânia; e sofria ao antever seu próprio destino, vítima de um atavismo inelutável.

Quanto a mim, mal pude conhecer meu pai — aquele homem, tão elogiado por sua elegância e por sua competência, cuja pele era clara o bastante para que se apresentasse, perante a sociedade, como branco, ainda que branco não fosse. O que não podem, nestas terras, o dinheiro e a posição social! Suficientemente íntimo dos poderosos, papai jamais seria tratado como um preto qualquer; pelo contrário: qualquer um que o enfrentasse precisaria estar muito ciente, e preparado, para as consequências de tamanha audácia. Papai era tratado com a distinção que nossa sociedade reserva, única e exclusivamente, para quem nasceu com a cor dos que detêm os privilégios de mandar, de ficar por cima, de exigir respeito.

Quanto a mamãe... sua pele azeitonada, seus traços, seus cabelos jamais lhe facultariam qualquer tipo de benefício. Mamãe era demasiadamente preta; preta demais até para que meu pai ousasse desposá-la perante o mundo. O segredo era, decerto, mal guardado: não havia quem não soubesse que papai era um homem dividido entre duas famílias. De um lado, havia a família que ele expunha ao mundo, orgulhoso: a esposa muito loura, de doces olhos azuis, que levara ao altar; a filha de pele claríssima, que desfilava vestida de branco, luminosa como um anjo. De outro lado, a família que ele escondia; éramos nós: a mulher preta, por quem ele nutria um amor sincero (quantas vezes não testemunhei a intensidade de seu afeto!), mas sempre às escondidas; e o filho de pele escura, por ele tão elogiado em momentos íntimos (pela inteligência, pela perspicácia, pela sensibilidade), mas guardado nas sombras, longe dos amigos e dos círculos sociais. Quando papai morreu, minha pouca idade ainda não me permitia entender as razões desse afastamento. Por ingenuidade, eu via nisso a demonstração de que, por mais qualidades que eu tivesse, ainda não eram o suficiente para merecer-lhe a estima. Era preciso que eu me esforçasse mais; era preciso cumprir suas expectativas, confirmar a genialidade que papai julgava haver em mim. Quando alcançasse esse objetivo, ele finalmente teria razões para orgulhar-se e apresentar-me ao mundo. Daí, decerto, o imenso vazio que sua partida deixou em minha alma; a sensação de que papai levara deste mundo uma decepção que eu não fora capaz de evitar.

A tristeza de minha mãe fez com que esse poço se aprofundasse. De fato, ela jamais se recuperou dessa perda; desde o falecimento de meu pai, foi tomada por uma melancolia avassaladora. Permanecia dias prostrada, emudecida, contemplando o vazio. Os outros diziam que era loucura; para mim, era apenas saudade. Perto do fim, já muito enferma e fragilizada, começou a ter visões: de quando em quando, papai vinha, à noite, visitá-la. Nos dias que se seguiam a esses encontros, ela rompia o silêncio: muito alegre, punha-se a falar sobre como papai permanecia bonito e elegante, e como ainda se orgulhava de mim. E me assegurava de que papai, muito em breve, também me visitaria. Racionalmente, eu não considerava isso possível; tinha por certo que as visitas eram produto da imaginação materna, incapaz de lidar com a ausência. Ainda assim, eu sempre me surpreendia acordado, durante a madrugada, esperando a chegada de meu pai. E papai nunca aparecia.

Quando mamãe faleceu, recebi a fortuna que meu pai lhe destinara — prova concreta de seu afeto e de sua fidelidade. Sozinho no mundo, desesperei-me. Procurei refúgio na única família que poderia acolher-me: a esposa loura de meu pai e minha angelical irmã; todos os meus esforços malograram — elas, que sempre cuidaram de permanecer o mais longe possível de mim, não hesitaram em desprezar-me publicamente. Soube, depois, que nutriam um profundo ódio por mim e por minha falecida mãe; viam-nos como usurpadores de uma fortuna que julgavam sua. Para piorar, nada fazem para honrar a memória de papai; comportam-se como se tivessem obtido a fortuna e o prestígio social de que desfrutam por algum mistério ou milagre.

Despendi toda a herança procurando construir uma carreira: tornar-me um escritor grande, famoso, à altura daquele que papai tanto admirava. Tudo o que investi com esse propósito — não apenas o dinheiro, mas também o meu tempo e o meu trabalho — não renderam, até agora, os resultados esperados. Preciso fazer alguma coisa, antes que tudo acabe; antes que eu morra, esquecido, e morram comigo as memórias de mamãe e de papai.

09/01

Hoje, segundo me haviam assegurado, o Sant'Ana deveria retornar, mas não o vi em lugar nenhum. Estou aqui há mais ou menos duas semanas, e essa longa permanência já começa a afetar-me: o desaparecimento do Sant'Ana me traz ao pensamento todos os tipos de coisas, muitas das quais se assemelham a delírios.

A noite aumenta todos os temores; no escuro, o menor medo se assemelha ao pânico. Acordei sobressaltado na última madrugada com a certeza de ser vítima de um complô: ele mesmo, o Sant'Ana, teria cuidado de subornar os guardas que me trouxeram aqui para dentro — o que, evidentemente, não faz sentido; ou, o que é mais provável, teria calculadamente cuidado de abandonar-me aqui dentro, de modo que eu não possa sair e fique preso para sempre nesta demoníaca seção Pinel — mas por que o faria? Ora, por uma óbvia razão: porque teme que, uma vez publicada, minha obra obscureça a de L. B. — o que, evidentemente, não é e jamais foi o meu desejo.

De qualquer forma, não consigo tolerar a ideia de que, por um ato arbitrário, o Sant'Ana seja capaz de deixar-me preso aqui — aqui preso, repito, *para sempre*, porque o que vejo é que os médicos não têm interesse em deixar *ninguém* sair deste lugar: na verdade, são tantos os que aqui perambulam, às tontas, cometendo absurdos, que duvido que possam avaliar devidamente as condições de qualquer doente; ademais, tudo aqui funciona à base da troca de favores, e tenho certeza de que os que porventura conseguem deixar o hospício têm, por trás de si, algum tipo de negócio ou pistolão; o hospício é um perfeito espelho do mundo dos homens, com suas castas e negociatas. Por outro lado, isso me angustia: sei que, sem algum tipo de influência — mais exatamente, sem a intervenção do Sant'Ana —, eu não conseguirei nem ser transferido parà a seção Calmeil, nem deixar este antro. Não sou, afinal, como esses desprezíveis sujeitos que, embora tenham posses, preferem ficar na seção Pinel, destinada aos indigentes, apenas para não terem que gastar dinheiro com seu próprio tratamento — para eles, basta pagar uma pequena taxa aos alienistas e, de um dia para o outro, veem-se outra vez em liberdade; quanto aos que realmente não têm posses, o que é o meu caso — embora nem sempre tenha sido: o que não nos exige a Literatura? —, resta-nos a esperança de granjear a simpatia de algum dos doutores que mandam e desmandam neste covil.

24/01

A história do Gato, que envelheceu dentro do hospício — será esse também o meu destino? Ele era rico, é filho de um ex-ministro e senador do Império; no entanto, abandonado pelos seus, acabou arrastado para o abismo — e está reduzido a isto: a um velho que é todo o tempo perseguido e maltratado, que vive a fazer transações, de forma tão cínica, para arranjar cigarros — troca pão por fumo e furta lápis dos companheiros para arranjar moeda para barganhar.

Sic transit gloria mundi.

***

"Este título mágico, polifórmico, cheio de poderes e alcances múltiplos, vários, este *pallium*, esta clâmide sagrada, tecida com um fio tênue e quase imponderável, a cujo encontro os elementos, os maus olhares, os exorcismos se quebram: tudo podem, tudo dominam sobre o céu e sobre a terra os que portam, antes de seu nome, este valiosíssimo título — *Doutor*."

15/01

Hoje soube de algo que fez aumentar meu desespero. Há aqui um sujeito que nada tem de louco — um dos vários ladrões que vieram parar aqui dentro, de nome Acácio, mas que todos chamam de Grandão (porque é de fato enorme, fortíssimo) —, um homem totalmente desprezível, de péssimo caráter, cuja maior satisfação advém de patéticas demonstrações de poder (sobre os loucos!), que têm por única finalidade alimentar sua vaidade infinita. Aconteceu de eu estar no dormitório no exato momento em que o Grandão, não longe dali, conversava com um dos seus asseclas; e o que ouvi de sua conversa dava a entender que aqueles que entram para o hospício pelas mãos da polícia não saem daqui jamais. Contra a minha vontade, somente porque o assunto me interessava sumamente, fui perguntar se era isso mesmo o que ele dizia; cobrou-me — como eu já esperava — pela informação, e confirmou o que eu mais temia:

— Quem chega aqui trazido pelos polícias não sai. Fica aqui apodrecendo até morrer. — mastigava um cigarro entre os dentes esburacados. — Ou você acha que estou aqui me divertindo?

— Mas quem autoriza a saída não são os médicos?

— Dos loucos, sim. Mas quem é trazido pelos polícias vem pra morrer aqui. Os doutores só dão um jeito de dizer que são loucos também. Entende? Loucos como os outros — e um riso sussurrado.

Foi mais ou menos essa a conversa — curta, mas que bastou para que eu soubesse o que me interessava; eram essas as minhas piores suspeitas: o hospício não existe só para curar loucos (o que já não faz): existe também para manter presos os sujeitos que ameaçam a normalidade social — e eu entrei aqui pelas mãos dos polícias, de acordo com o expediente que combinara com o Sant'Ana! Por que ele não me avisou a tempo? Por um pequeno agrado, os polícias me trouxeram para cá, e assim fiz a mesma trilha que fez L. B. — não podia, entretanto, saber que assim assinava a minha condenação.

O que me impede de chegar ao completo desespero, diante da situação cada vez mais difícil, é o parati — ainda que me custe muito obtê-lo, ainda que para isso eu tenha que me desfazer dos poucos bens que conservo, nesses momentos seu uso é imprescindível: é a única forma de eu não me tornar, de fato, louco; de não cometer um disparate, talvez o maior de todos, o derradeiro, o definitivo.

17/01

Uma das coisas mais assustadoras que há neste hospício é que, sem mais nem menos, descobrimos que pessoas que parecem inofensivas são capazes de cometer as piores crueldades — o que é a mais nítida demonstração de que, muitas vezes, o homem comete o mal como um mero capricho, de maneira espontânea e inusitada. O assassinato — esse que é, sem dúvida nenhuma, o maior de todos os crimes — é tratado como coisa absolutamente natural por muitos destes que aqui estão; a maior covardia, entretanto, é a cometida pelos assassinos de mulheres, que pululam neste hospício — e que são, quase sempre, militares.

***

"Um oficial do Exército matou a mulher em circunstâncias abomináveis. De uns tempos para cá, estão os oficiais a fornecer matéria para essa espécie de noticiários dos jornais. Tenho, para mim, que há nisso uma grande desilusão por parte das mulheres e uma ralação dos maridos, quando sentem as mulheres esfriar. A moça, a nossa moça casadoira da classe média, vê, nos dourados da farda do cadete ou do alferes, uma vida de delícia, de luxo, de importância. Casada, não é assim. O soldo, se bem que não seja mau, não dá para custear a metade do seu sonho de solteira. O marido, querendo conservar as boas graças da mulher, faz empréstimos, os vencimentos diminuem. Está aí a desgraça feita. Dificuldades, em casa, credores, mau humor da mulher, rompantes do marido, descomposturas, casas de tavolagem, álcool, etc."

***

O P. M., que é tenente, matou a mulher pelo motivo mais imbecil: diz que ela passava os dias a atazaná-lo — ele, que perturba todos aqui dentro, todo o tempo, com sua insuportável arrogância! Diz que não suporta que o contrariem; vez por outra, envolve-se em brigas e confusões. Matou a mulher com um tiro na espinha durante uma discussão.

O G., que é cabo, dizia que estava sendo traído e que, por isso, precisava lavar sua honra: esfaqueou a mulher e a filha, uma inocente criança (segundo ele, fruto do amor adúltero), e ficou em casa, vendo-as morrer. Gosta de descrever a cena para todos; julga-se muito valente por haver cometido esse crime. Especifica como as golpeou e se orgulha porque, segundo ele, as duas morreram *exatamente ao mesmo tempo*.

O outro sujeito não sei que posto ocupa — diz ser capitão, o que, sem dúvida, não é — e afirma ter matado a mulher porque sabia que, se não o fizesse, *ela* o mataria. É um indivíduo dado a crises de perseguição, etc., e por isso estou certo de que a infeliz morreu injustamente.

***

"Todas as considerações que se possam fazer, tendentes a convencer os homens de que eles não têm sobre as mulheres domínio outro que não aquele que venha da afeição, não devem ser desprezadas.

Esse obsoleto domínio à valentona, do homem sobre a mulher, é coisa tão horrorosa, que enche de indignação.

O esquecimento de que elas são, como todos nós, sujeitas a influências várias que fazem flutuar as suas inclinações, as suas amizades, os seus gostos, os seus amores, é coisa tão estúpida, que só entre selvagens deve ter existido.

Todos os experimentadores e observadores dos fatos morais têm mostrado a insanidade de generalizar a eternidade do amor.

Pode existir, existe, mas, excepcionalmente; e exigi-la nas leis ou a cano de revólver, é um absurdo tão grande como querer impedir que o sol varie a hora do seu nascimento.

Deixem as mulheres amar à vontade.

Não as matem, pelo amor de Deus!"

[SEM DATA]

Mesmo estando neste hospício há tão poucos dias, tenho já para mim a convicção de que o funcionamento das coisas por aqui antes contribui para a piora dos doentes do que para a sua recuperação. Não alimento, é claro, a tola hipótese de que a loucura possa ser curada — melhor dizendo, que *todas* as formas de loucura possam ser curadas; há alguns casos, bem sei, em que a causa é bem conhecida, e uma simples providência pode ser suficiente para a sua cura total (para L. B., a abstinência talvez fosse o bastante). Tenho, contudo, a impressão de que não há aqui as mínimas condições para que qualquer um desses loucos alcance qualquer melhora: o ambiente é de abandono completo, em tudo transparece a decadência; os doentes ficam quase todo o tempo entregues ao ócio ou a atividades que nada têm de produtivas — a maioria se dedica a fazer tolices e a berrar obscenidades. Em meio a tanta negligência, sem qualquer rotina ou disciplina, como é possível crer que possa a razão ordenar-se?

Ao fim, esse hospício consiste tão-somente num lugar onde a loucura pode manifestar-se de forma livre, sem quaisquer das fronteiras impostas pela vida em sociedade. O que aqui se formou é uma sociedade de loucos, na qual cada um procura seus semelhantes — em termos de manias e delírios, evidentemente — e tem, assim, uma singular oportunidade para viver plenamente de acordo com o que lhe impõe sua moléstia. Dito de outro modo: a loucura encontra aqui o propício espaço para realizar-se livremente, bem como o alimento que lhe permite tornar-se mais e mais forte.

Tento não pensar no que este lugar poderá fazer *comigo*.

14/01

A humilhação, a angústia e, principalmente, a absoluta solidão intelectual que aqui enfrento — o que me impede de sucumbir e tornar-me um destes que me cercam, que vivem em seu próprio mundo, talvez como uma resposta — afinal, quem sabe a única possível — às frustrações e a uma incapacidade crônica de adaptar-se ao mundo?

Esta missão que sempre esteve por trás de tudo o que eu fiz e escrevi, e que continua presente em mim, orientando cada um dos meus passos — desde que tive a intuição de que poderia entrar para a história: de que poderia tornar-me mais, *maior* que ele...

Nós, nós tivemos a mesma origem; como poderia haver nisso uma coincidência? Eu não poderia jamais supor que aquele dia em que tudo aconteceu, quando minha ruína parecia anunciar-se — que aquele, sim, seria o começo de minha verdadeira vida. Lembro-me, com mais nitidez, de um momento em especial: quando eu, assolado pela angústia diante do silêncio de mamãe, ainda humilhado pela indiferença diante do arremedo de livro que publicara (parecera-me uma obra-prima quando pus o ponto final; hoje, vejo quão ingênuo eu era, ainda ignorante de meu real rumo), saí para beber, para distrair-me; e certamente teria percorrido o mesmo caminho de L. B., a mesma triste trajetória, não tivesse encontrado o Martim — que, num ato evidentemente orquestrado por forças superiores, mencionou a morte daquele escritor obscurecido em seu próprio tempo, mas tão semelhante a mim; deu-me, assim, a chave para abrir a porta que ocultava o meu destino.

Sua tragédia familiar, tão semelhante à minha; seu talento não reconhecido, tão similar ao meu; mesmo as parecenças entre os nossos rostos — nada disso era coincidência, fui percebendo conforme começava a pavimentar o meu caminho. Depois, quando a morte levou meu pai, pude enfim dar o reto rumo à vida, e comecei a caçar o tesouro para mim mais valioso: obtive livros de L. B., seus manuscritos, cada crítica e cada nota publicadas sobre a sua obra, *tudo*, e enfim dei início à tarefa que ainda hoje orienta os meus passos. Se a ele eu me assemelhava, não teria o seu trágico fim. Eu sou dado ao maravilhoso, ao fantástico, ao hipersensível; nunca, por mais que quisesse, pude ter uma concepção mecânica, rígida do Universo e de nós mesmos. No último, no fim do homem e do mundo, há mistério e eu creio nele; e esse mistério foi responsável por colocar diante de mim um caminho como o dele, fazendo, no entanto, soprar em meus ouvidos esta renitente voz que ordena que eu corrija os erros por ele cometidos e tenha olhos apenas para a glória futura — o caminho que eu repiso e refaço: cada livro por mim assinado, cada palavra que eu reescrevo é um passo para longe do passado; o *verdadeiro* **Isaías**, o *verdadeiro* **Policarpo** — burilar os diamantes cunhados por um gênio que, na verdade, habita em mim, é minha sombra e meu espírito. O que ficará na história? — eu, que agora o supero; eu que...

Não fui reconhecido em meu tempo: receberam meus livros com ceticismo e ironia — nenhuma linha foi publicada sobre eles; entre si, riram de mim; receberam-me como um louco. Toda a fortuna que investi, as dívidas que acumulei, o que vendi para publicar meus livros, terá sido tudo em vão? Se os livros não me afastaram da miséria (esperança que jamais alimentei: o que me toma a Literatura em bens materiais, algum dia, retribuirá em reconhecimento intelectual), salvaram-me da loucura e do desprezo intelectual — não o reconhecimento dos outros, que jamais me compreenderam, estando meu destino tão acima; mas o que eu sentia a respeito de mim mesmo. Isso quando eu, de fato, *não me conhecia* — ignorava *meu próprio destino*... como eu poderia assinar meus livros com outro nome? Hoje, rio de mim mesmo.

***

(a bebida não afastou L. B. da loucura — e arruinou seu gênio. Seus livros. Eu, que nasci predestinado como ele, corrijo seus passos e seus erros; eu, que sou...

Minhas palavras sobre as suas: não sou eu quem o copia; o que ele fabulou habita meu gênio — quando reescrevo o que ele escreveu é que as palavras se tornam, de fato, verdadeiras. O que ele fez foram meros esboços; o que eu faço são obras-primas.

O *meu* decálogo:

1 – A Literatura é o caminho que afasta da loucura.
2 – Não beber excesso de coisa alguma.
3 – E...)

***

Se o destino — ah, o mistério — escreveu duas vidas com a mesma pena, fez de um caminho o espelho de outro, não o fez em vão, nem sem propósito. A humilhação, a angústia, a solidão intelectual, todos esses males se tornam menores quando penso em meu destino, quando vejo a altura desta tarefa. Ele, L. B. — eu, meu gênio... a voz que me orienta, que me diz o que fazer —, outra vez o vi: conduz-me à final vitória, afasta-me do fracasso — salva-me da loucura!

[SEM DATA]
Um maluco, vendo-me passar com um livro debaixo do braço, quando ia para o refeitório, disse:
— Isto aqui está virando colégio.

***

De L. B. — cotejar:
"Gosto da Morte porque ela é o aniquilamento de todos nós; gosto da Morte porque ela nos sagra. Em vida, todos nós só somos conhecidos pela calúnia e maledicência, mas, depois que Ela nos leva, nós somos conhecidos (a repetição é a melhor figura de retórica) pelas nossas boas qualidades."
"O tempo inflexível, o tempo que, como o moço é irmão da Morte, vai matando aspirações, tirando perempções, trazendo desalento, e só nos deixa na alma essa saudade do passado, às vezes composto de fúteis acontecimentos, mas que é bom sempre relembrar."
Como é diferente a Morte para quem conheceu o inferno em vida! Como parece ainda mais augusta, ainda mais consoladora —

ela, a grande libertadora! Quando penso em meu estado, só vejo dois destinos possíveis: o Caju ou o São João Batista (que é próximo). O que seria de mim, em qualquer outro lugar? O que resta de mim, agora? Eu, que não sei morrer.

Dissonância do desespero.

26/01

Pela segunda vez, acordei na casa-forte; minha cabeça doía terrivelmente. Só depois de longo tempo apareceu um enfermeiro, que reconheci como sendo o Manuel; não podia, contudo, dizer seu nome — tentava falar, mas só balbucios me saíam pela boca; tinha todo o corpo dormente. Tratou-me bem, ao menos com certa paciência, e conversou comigo — falou, na verdade, consigo mesmo, já que eu nada podia responder; agia, entretanto, como se pudéssemos dialogar.

Num tom benevolente, lamentou minha involução: disse que apreciava meu bom comportamento, que muitas vezes sequer compreendia o porquê de eu estar aqui dentro; depois, declamou várias passagens do **Policarpo**, e me surpreendi ao perceber que ele as conhecia de cor. Disse-me também que sabia de minhas "pretensões literárias" — o que me espantou, visto que jamais comentei tal assunto com ele —, e que tinha tomado a liberdade de levar meus escritos para L. B.; quis repreendê-lo, mas, antes que o fizesse, ele tomou a iniciativa de tranquilizar-me, dizendo que L. B. reconheceu meu superior talento e está disposto a acatar todos os meus comentários.

Depois de tanto sofrimento, posso, enfim, vislumbrar alguma esperança.

27/12
O cigarro chega através das visitas e, aqui dentro, serve como moeda de troca. Tudo aqui vira dinheiro: jornais (inclusive os velhos), roupas, etc.

O dinheiro é o que move a humanidade. E aqui, como lá fora, sobejam os miseráveis.

30/01
A loucura os leva a habitar outro mundo; convivem com fantasmas que retornam do além-túmulo para visitá-los. Alguns se manifestam apenas em vozes, geralmente lhes trazendo à recordação as piores faltas que cometeram — fazendo reviver suas culpas, seus erros; atormentando-os noite e dia, até que finalmente cedam ao desespero, sucumbindo perante o horror. Outros aparecem de corpo inteiro, chegando a tocar fisicamente os loucos — que se veem perseguidos pelos corredores, observados por vultos misteriosos, até mesmo despertados em meio à noite ou à madrugada. São familiares, parentes, amigos, cônjuges — pessoas já mortas que, contudo, não podem descansar devido a atos cometidos por aqueles que aqui estão internados. Por que aqueles que mais ferimos são sempre os que mais estimamos? Por que insistimos em magoar quem mais nos ama, mesmo cientes de que isso em nós produz uma culpa atroz e torturante? Em quantos a loucura não resulta da incapacidade de

admitir os próprios erros, do que emerge um remorso levado às raias do insuportável?

22/01

Perdi hoje a paciência com o Gato. Tem mania de furtar coisas — camisas, livros, etc. — para trocar por outras ou vender; ele, que é todo cheio de prosápias, que vive fazendo alusões ao seu pai ex-ministro do Império e chamando todos de negros e ladrões. Já tem mais de setenta anos e não se emenda; não raro, leva sovas que o deixam arruinado. Hoje, foi a minha vez: *meu manuscrito foi roubado*.

Eu já tinha copiado, anotado e reescrito boa parte d'**O cemitério**; tenho certeza de que o trabalho estava magnífico. Pois, hoje, os papéis desapareceram de sob o meu colchão, o que aliás não aconteceu pela primeira vez: não há muito tempo, sumiram algumas anotações que lá estavam. Há outros doidos aqui que têm mania de roubar papéis — eles, que em geral sequer leem, ainda que muitos não por incapacidade, apesar disso têm uma verdadeira obsessão por jornais e, principalmente, por papéis manuscritos; mas eu tenho certeza de que foi o Gato. Certeza.

Confrontei-o; tentou esquivar-se, negar tudo, mas ao fim me desrespeitou.

— O preto se acha muito importante.

Mantive a paciência; depois, foi impossível:

— Você que é preto e pobre e se acha melhor que os outros. Eu sou bacharel em Direito, você o que é?

Eu não queria agredi-lo, sendo tão velho e já tão maltratado; mas o insulto foi demais. Tive compaixão: dei-lhe apenas uma bofetada — violenta a ponto de fazê-lo cair. Então, não sei o que aconteceu: senti vontade de socorrê-lo, de ajudá-lo a levantar-se, mas alguma coisa me impedia. Fiquei parado por alguns instantes, olhando-o caído, o sangue a escorrer pela cara redonda; depois, corri em direção ao dormitório, deitei-me e fiquei a olhar para o teto.

Ele anda agora com um emplasto; evita-me, sai do caminho, etc. Não me arrependo. E ainda procuro o manuscrito — preciso encontrá-lo: que destino terá minha arte nas mãos desses malucos? Ao pensar que talvez já o tenham destruído, sinto vontade de chorar.

12/01

Certo dia, encontrei entre as anotações de L. B. — as que ele fez aqui no hospício — estas palavras:

"Abelardo: viveu infeliz e morreu humilhado, mas teve a glória e foi amado."

Não se resume nessa sentença a *minha* vida?

***

Desde menino, eu tenho a mania do suicídio.

06/01

A situação da seção Pinel, onde provisoriamente estou, é calamitosa; temo contrair alguma doença. Há pulgas, ratos e baratas por toda a parte; a comida é ruim e já me senti mal diversas vezes, depois das refeições. Sempre é possível, entretanto, encontrar coisas piores.

A pessoa com quem mais tenho conversado aqui é o Benjamim, que é bastante lúcido e afável; seus delírios são bastante suportáveis, se comparados aos dos outros malucos — tem umas crises repentinas em que começa a chorar, dizendo que seu pai virá castigá-lo, pede socorro, etc.; comporta-se como uma criança, o que é mais constrangedor devido ao seu avantajado porte físico; apesar disso, quando está lúcido, é um rapaz de conversa agradável. É também um sujeito influente: por algum motivo, é bastante próximo de um enfermeiro que lhe dispensa bastante atenção (Manoel, Manuel?), a quem sem dúvida recorrerei se, de fato, o Sant'Ana tiver desaparecido.

    Disse-me o Benjamim que, certa vez, Manuel o levou para passear noutras partes do hospício, e o que mais lhe causou impressão foi a seção Márcio Néry, onde ficam os leprosos. L. B. anotou que, em sua época, os "lázaros dementes" ficavam alojados numa barraca de campanha, erguida sobre espeques, com as bordas presas por grandes pedregulhos; essa situação parecia um horror, mas era um luxo se comparada à condição atual. O que me contou o Benjamim é que os viu espalhados e amontoados num grande espaço, enrolados em trapos e panos velhos, alguns a mancar, outros a rastejar pelo chão; o que outrora eram as barracas hoje se resume a grandes pedaços de tecido amparados por varas longas e tortas, frágeis coberturas sob as quais os desgraçados duelam em busca de um abrigo durante as intempéries. O fétido cheiro desperta náuseas; a comida — não mais que restos — é disputada à força.

    Assim, esquecidos e abandonados à sua própria sorte, vivem esses pobres condenados, à espera da morte. Que crime cometeram para merecer tal castigo? Se é que algum cometeram, seria suficiente a pena que lhes fustiga o corpo; mas os homens tratam de tornar piores todos os males. Eu não me espantaria se soubesse que o diretor desse hospício tem uma grande janela voltada para esse pátio de horrores: assim, do conforto de sua sala, certamente mobiliada com muito luxo e gosto, pode sentir-se mais feliz com sua própria sorte, contemplando a miséria dos que mal conseguem manter-se vivos.

Mais felizes ficam os homens quando se veem a salvo da desgraça alheia.

18/01

Mais do que todos os loucos que aqui estão, pior do que todos, porque pior em sua *perversão*, é o Caveira, que se compraz com o nosso sofrimento — eu, que nisso a eles me assemelho: não na loucura, mas na dor. Vi que hoje ria de mim, apontava e ria, como se eu não o percebesse, como se eu fosse um desses parvos.

— O que há?

— Ele te espera lá dentro.

— Ele quem?

— Com quem você quer falar? — ele ria, exibindo os dentes amarelos e esburacados. — O doutor Juliano.

Eu sabia que era mentira, mas ainda assim, não sei por que — talvez pela aflição, quem sabe pela avassaladora vontade de ver-me livre deste lugar, quem sabe pela dose de parati que bebera naquela manhã, o que sempre me turvou a mente e noutros tempos me causou delírios, eu *acreditei*; e, como um desses idiotas, caminhei na direção da entrada, meu peito tomado por uma difusa esperança: *o desejo* de que fosse verdade, como se o desejo pudesse tornar algo verdadeiro! Talvez tenha dado um ou dois passos antes de ter o meu pé puxado — agarrou a bainha da minha calça, e eu caí com a cara no chão; senti minha boca abrir-se no batente da porta, o gosto salgado do sangue escorrendo entre os dentes — e, acima de tudo, o sentimento de humilhação mesclado à raiva, à certeza de que *matarei o Caveira*, na primeira oportunidade que tiver, isso antes de matar o Sant'Ana, e matarei todos os que me desprezaram, todos que fizeram da minha vida o maior dos tormentos.

[SEM DATA]

Amaciado um pouco, tirando dele a brutalidade do acorrentamento, das surras, a superstição de rezas, exorcismos, bruxarias, etc., o nosso sistema de tratamento da loucura ainda é o mais arcaico: o sequestro. Não há dinheiro que evite a Morte, quando ela *tem* de vir; e não há dinheiro nem poder que arrebate um homem da loucura. Aqui, no hospício, com as suas divisões de classes, de vestuário, etc., eu só vejo um cemitério: uns estão de carneiro e outros de cova rasa. Mas, assim e assado, a loucura zomba de todas as vaidades e mergulha todos no insondável mar de seus caprichos incompreensíveis.

***

Que podem estes doutores, perdidos no labirinto do positivismo, diante da loucura? Absolutamente *nada*! Imersos em seus delírios, proferem longos discursos; produzem grossas teses e volumosos tratados, com a pretensão de explicar a loucura, sondar suas origens e determinar suas causas; mas nada, *nada* disso tem alguma valia — basta que se observe o mundo e que se veja como a loucura assume formas individuais e singulares; as manias de um não têm nada em comum com as manias dos outros! Fabriquem-se terminologias e nomenclaturas, preencham-se páginas e mais páginas com minuciosas descrições: nada disso levará a lugar nenhum, quanto ao que realmente importa — que é *tratar e curar* a loucura, mesmo que em apenas algumas de suas manifestações mais elementares. Já me pergunto se eles não têm consciência disso; se os doutores não sabem que, de fato, seus esforços são inúteis — mas persistem, ainda assim, movidos não pelo desejo de trazer o bem à humanidade, mas por sua própria vaidade. Aqueles longos discursos, aquelas grossas teses e aqueles volumosos tratados lhes permitem, afinal, ocupar as posições das quais tanto se vangloriam, enchendo salões inteiros de senhoras elegantes, cobertas de brilhantes, que os ouvem bradar, embasbacadas, que a ciência tudo pode; e que será possível, algum dia, sabe-se lá como, construir uma nova sociedade, baseada na harmonia, na ordem e no progresso!

***

O abismo abriu-se a meus pés e peço a Deus que ele jamais me trague, nem mesmo o veja diante aos meus olhos, como o vi por várias vezes...

28/12
Uma patética paisagem: os malucos e os enfermeiros, mais ou menos misturados — aqueles andando em manadas, muitos nus,

outros perdidos em seus próprios delírios, gritando impropérios e obscenidades; estes pelos cantos, geralmente aos grupos, entretidos em suas próprias conversas, pouco se importando com o que ocorre ao redor. No entanto, se este hospício é um imenso palco onde se desenrola o triste espetáculo da loucura — triste tragédia —, cada enfermeiro está sempre preparado para entrar em cena com seus próprios adereços — injeções e camisas de força — e intervir quando o espetáculo se desvia de seu reto curso, ou seja: aplacar os doidos quando se mostram furiosos ou rebeldes; quando fogem, enfim, ao que determina o seu papel, que é o de serem loucos mansos, pacificamente perdidos em seus mundos estranhos e traiçoeiros, desfilando neste mórbido cenário.

***

Quando os vejo ao redor, não cesso de surpreender-me ao pensar que esse poderia ser o *meu* destino.

Tão logo me soube gêmeo de L. B. – o talento, a origem, a semelhança familiar, etc. –, comecei a cuidar para que nossas similaridades permanecessem reduzidas a isso. Tendo já publicado a minha obra completa, os meus *verdadeiros* livros — não aquele fruto imaturo em que eu não me reconhecia, porque ainda não me tornara eu mesmo, mas as legítimas obras-primas em que eu burilo meu próprio gênio, apenas antecipado em L. B. —, cheguei a esse momento em que se fazia necessário escalar meu cume: enfrentar o desafio de dar conta da obra inacabada: o **Cemitério** jamais escrito. Todavia, adivinhando as sombras que de mim se aproximavam – delírios, etc. –, anotei estes três mandamentos, que aqui seguirei à risca:

1) *Fazer-me internar no hospício* — para quê? Para arrematar minha obra literária e encontrar minha própria cura.

2) *Encontrar-me com o doutor Juliano Moreira* — o único capaz de curar-me por inteiro, minha única esperança que logo se concretizará; o único que não é como os outros, que insistem em julgar-me e condenar-me, que me compreenderá e ajudará — a despeito dos idiotas que insistem em dizer que ele está morto, disparate que me enfurece: como, *se ele veio falar-me e me recomendou que o procurasse?* Não está e não pode estar morto; apenas se esconde, por razões óbvias, para assim preservar sua vida.

3) *Não beber excesso de coisa alguma.*

[SEM DATA]

Ontem, matou-se um doente, enforcando-se. Escrevi nas minhas notas:

"Suicidou-se no pavilhão um doente. O dia está lindo. Se voltar a terceira vez aqui, farei o mesmo. Queira Deus que seja o dia tão belo como o de hoje."

Não me animo a dizer: venceste, Galileu; mas, ao morrer, quero com um sol belo, de um belo dia de verão!

29/01

Eu não saíra com isso pensado, eu não pensava que poderia fazê-lo, que chegaria a esse ponto

levara o arame enrolado, escondido sob a camisa, tocava-o, sentia-o entre os dedos; na cabeça a certeza e a raiva contidas, por toda a humilhação, por tudo que precisava chegar a um fim, mas eu não pensava que poderia, eu não pensava que o mataria, quando de súbito ele apareceu... e eu não sei por que diabos veio falar justamente comigo, ou melhor, veio *humilhar-me*, como sempre costumava fazer, e antes mesmo que falasse eu vi nos seus olhos que ele queria, e por tudo o que se tinha acumulado, e porque eu tinha a certeza e tenho de que não sairei deste lugar, que aqueles malditos polícias me trouxeram para esta prisão onde ficarei eternamente, onde tudo o que poderei fazer será escrever e escrever e assim procurar minha salvação, a impossível salvação, *fazer da vida a Literatura*, o que eu lutei para acreditar que

 e os risos, porque veio rindo, e gargalhando com os outros, e eu apertava o arame entre os dedos, e, enquanto me olhava e falava, eu enrolava o arame entre os dedos, quando sentia chegar o momento — ouvia a voz, e minhas mãos, alta a voz em meus ouvidos, repetindo cada mentira e dizendo-me *não*, que eu não sairia, que era ainda preciso lutar, concluir o que há tanto tempo iniciara; mas as minhas mãos, eu pensava na cela forte e voltava atrás, nas injeções e camisas de força, por isso o receio

 e apesar de tudo era tão menor, tão pequeno em minha vida, tudo no fundo é tão pequeno, como pequenos somos nós chamados de loucos neste lugar: aqui não somos nada, *aqui não somos nada* a vocês os delírios e eles qual deuses, todos os médicos, os alienistas, os doutores, a esse ponto você chegou, a isso você foi reduzido, tontos títeres e marionetes, *você não é como eles, eu não sou como eles*, meu gênio e meu talento, a que tudo foi reduzido, e ele que olhava, que me olhava e gargalhava, eu sabia que iria

 eu sabia que não poderia

e mesmo assim eu avancei, as minhas mãos, olhava para os seus dentes amarelados, via em seus olhos o ódio, por mim e por todos, pela velhice alimentado, por anos e anos em meio à loucura, talvez ele o quisesse, talvez ele o pedisse todos e o arame em volta de seu pescoço, puxei-o com força, com tanta força que o arame se afundou na carne enrugada e se tingiu de rubro, e eu vi quando os olhos se arregalaram e a língua emergiu de entre os lábios escuros, quando ele caiu chegaram os outros, as injeções e camisas de força, cercando-me, aflitos, e eu já conhecia o meu destino, sabia que seria levado por isso abaixei as mãos e deixei que o corpo caísse, em meus dedos as marcas do arame e do sangue, as minhas mãos, deem-me os papéis, apenas os meus papéis, mas me deixem sozinho, longe dos loucos, eu não sou um louco, não sou como eles, não sou como este que está aí caído, o cadáver do Gato, o Marquês de Gato, a enorme cabeça redonda inerte como uma pedra

16/01

Há por aqui doidos dóceis, e o caso que me parece mais curioso é o do Mudinho, como o chamamos, que não passa de um rapazola. Vive pelos cantos, sempre calado, e é notável o contraste entre ele e os vários loucos que se aprazem em gritar obscenidades; ele, por outro lado, transmite uma ideia de pureza e de inocência que, por vezes, parece comovente. Não sei ainda qual é a sua loucura — há nele um excesso de timidez: foge de todos, só permite o contato com uns poucos enfermeiros, e eu mesmo jamais ouvi sua voz; mas sua candura e seu aspecto juvenil são uma demonstração de que mesmo a loucura pode ser bela — embora essa beleza nasça de uma triste fragilidade que é um resumo, na verdade, de toda a risível condição humana.

26/01
Em L. B., não enxergaram o escritor; somente a cor. Comigo, o mesmo.

31/01
E assim me ocupo, escrevendo, e já nada há para ser desejado — nem mesmo sair daqui, desta cela forte onde tudo está sempre em paz. Ah, a biblioteca da seção Calmeil, tantos livros que me interessam: o Vapereau, **Dicionário das Literaturas**,, dois romances de Dostoiévski, **Les Possédés**, **Les Humilliés et Offensés**, e Daniol, **Histoire des classes rurales en France**, muito interessante, embora antigo; e **L'État civil des nouveau-nés**, o **Annuaire du crédit public**, e um livro de Mello Morais, **Festas e Tradições Populares do Brasil**... ah, a famosa **Biblioteca Internacional de Obras Célebres**...

Não me canso de reler meus próprios livros, e quanto mais os leio mais me convenço, mais percebo que minha genialidade está acima, tão acima de todos, e é por isso, agora eu sei, que me trouxeram para cá, os polícias em complô com o Sant'Ana, e deportaram o doutor Juliano: apenas para que ele não me conhecesse, para que não visse meu valor, porque decerto me levaria para a Europa, um dos grandes do nosso tempo — eu, quantas honras não mereço, e ainda assim me perseguem. A inveja de Getúlio... foi ele quem me impediu de entrar para a Academia, mas isso não me preocupa; nunca fui seriamente candidato. É contra a minha estirpe e o meu espírito.

Embora no inferno, estou vivo. Saúdo os imortais; eu sou um dos imortais. Meu nome é Afonso Henriques de Lima Barreto. Um preto que tem a audácia de usar o nome do rei de Portugal.

Esta obra foi composta em Arno pro light 13 para a Editora Malê e impressa na RENOVAGRAF em São Paulo em setembro de 2022.